謝无量編

詞學指南

中華書局印行

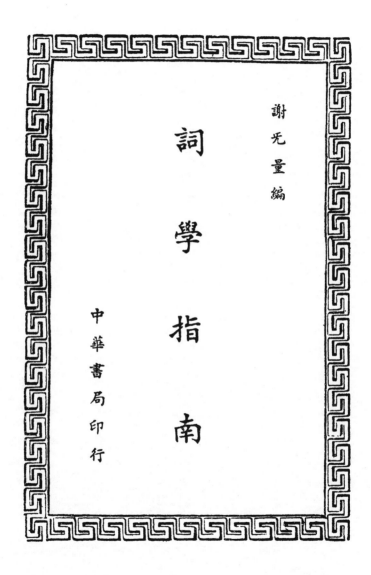

序

美文淩夷，風雅道衰。詩雖爲碩果之遺，而後生小子，稍諳音韻，便解諷吟，其流猶可相衍不絕。至於詞，則屈指海內，不過數人，直如景星卿雲之不可復見；無他，詞之難學甚於詩也。安壽謝无量先生，有鑒於是，因於詩學指南之外，更輯詞學指南一書。集名人之議論，（所采古今詞話不少）樹詞學之標準；既辨萬氏之誤，又補舒氏之略。其於誠齋五要之說，世文二體之旨，復有以發明而張皇之。金針之度，何難非易；行見紙貴風行，有興滅繼絕之功焉。豈不偉歟！吳興皞皞子序。

詞學指南

目次　　頁數

詞學指南

第一章　詞學通論

第一節　詞之淵源及體製

詞者，蓋樂府之變。昔人以李白清平調、菩薩蠻等爲詞之祖，其實六朝樂府，多爲長短句，往往有類詞者。梁武帝江南弄云：

衆花雜色滿上林，舒芳曜彩垂輕陰，連手躞蹀舞春心。舞春心，臨歲腴中人望，獨踟躕。

此絕妙好詞，已在清平調、菩薩蠻之先矣。又沈約六憶詩，其三云：

憶眠時，人眠獨未眠；解羅不待勸，就枕更須牽；復恐旁人見，嬌羞在燭前。

亦詞之濫觴也。更推而上之，屈子離騷亦名辭，漢武秋風亦名辭。

詞者，詩之餘也。以詩經證之，則詞又有合於詩。殷靁之詩曰：『殷其雷，在南山之陽。』此三五言調也。魚麗之詩曰：『魚麗于罶，鱨鯊。』此二四言調也。還之詩曰：『遭我乎猺之閒兮，竝驅從兩肩兮』此六七言調也。江汜之詩曰：『不我以，不我以。』此疊句調也。東山之詩曰：『我來自東，零雨其濛。鸛鳴于垤，婦歎于室。』此換韻調也。行露之詩曰：『厭浥行露。』其二章曰：『誰謂雀無角？』此換頭調也。凡此煩促相宣，短長互用，以啓後人協律之原。然則詞之名肇自漢世，其體具於齊梁，按其音調，又遠自三百篇也。

隋煬帝侯夫人有看梅曲，今以爲一點春調，凡二十四字，其詞曰：

砌雪消無日，捲簾時自顰，庭梅對我有憐意，先露枝頭一點春。

黃叔暘花菴詞選，謂李太白菩薩蠻、憶秦娥二闋，爲百代詞曲之祖。顧起綸曰：『唐人作長短句，乃古樂府之濫觴也。李太白首倡憶秦娥，悽惋流麗，頗臻其妙。世傳太白所作，尚有桂殿秋、清平樂等；亦有以太白時尚無詞體，是後人依託者；或以菩薩蠻爲溫飛卿作；然湘山野錄謂魏泰輔得古風集於曾子宣家，正以菩薩蠻是太白作，則流傳亦已久矣。』今錄此二篇於下：

菩薩蠻　閨情　　李白

平林漠漠煙如織，寒山一帶傷心碧；暝色入高樓，有人樓上愁。　玉階空佇立，宿鳥歸飛急；何處是歸程？長亭更短亭。

憶秦娥　秋思　　李白

簫聲咽，秦娥夢斷秦樓月，秦樓月年年柳色，灞陵傷別。樂游原上清秋節，咸陽古道音塵絕；音塵絕，西風殘照漢家陵闕。

唐人張志和，自稱煙波釣徒，嘗作漁歌子一詞，極能道漁家之事。今樂章一名漁父即此調也。詞云：

西塞山前白鷺飛，桃花流水鱖魚肥。青箬笠，綠蓑衣，斜風細雨不須歸。

李易安詞論云『樂府聲詩並著，最盛於唐開元天寶間。有李八郎者，能歌擅天下。時新及第進士開宴曲江，榜中一名士先召李易服隱姓名，衣冠故敝，精神慘怛，與同之宴所曰：「表弟願與坐末！」衆皆不顧。既酒行樂作，歌者進，時曹元謙念奴嬌爲冠。歌罷，衆皆咨嗟稱賞。名士忽指李曰：「請表弟歌！」衆皆哂，或有怒者。及轉喉發聲歌一曲，衆皆泣下。羅拜曰「此李八郎也。」自後鄭衛之聲日熾，流靡之變日繁；亦有菩薩蠻、春光好、莎雞子、更漏子、浣溪沙、夢江南、漁父等詞，不可遍也。』

苕溪漁隱曰：『唐初歌詞，多是五言詩或七言詩；初無長短句。自中葉以後至五代，漸變成長短句；及本朝則盡爲此體。今所存者，止瑞鷓鴣、小秦王二闋，是七言八句詩，幷七言絕句詩而已。瑞鷓鴣猶依字可歌；若小秦王必須雜以虛聲，乃可歌耳。其詞曰：

碧山影裏小紅旗，儂是江南踏浪兒；拍手欲嘲山簡醉，齊聲爭唱浪婆詞。西興渡口帆初落，漁浦山頭日未欹。儂送潮回歌底曲，樽前還唱使君詩。

此瑞鷓鴣也。

濟南春好雪初晴，行到龍山馬足輕。使君莫忘霅溪女，時作陽關腸斷聲！

此小秦王也。皆東坡所作。』詞之起原，說者每不同；故略舉一二異說如此。

俞仲茅爰園詞話曰：『晚唐五代小令，塡詞用韻，多詭譎不成文者；聊爲之可耳，不足多法。』尊前集載唐莊宗歌頭一首，爲字一百三十六，此長調之祖，然不能佳。今錄如下：

歌頭　唐莊宗

賞芳春，暖風飄箔。鶯啼綠樹，輕煙籠晚閣；杏桃紅，開繁蕚。靈和殿禁柳千行，斜金絲絡。夏雲多奇峯如削。紈扇動微涼，輕綃薄；梅雨霽，火雲爍。臨水檻，永日逃繁暑，泛觥酌。　露華濃，冷高梧凋萬葉；一宴晚風，蟬聲新雨歇。惜惜此光陰，如流水東籬菊殘時，嘆蕭索。繁陰積，歲時暮，景難留，不覺朱顏失卻。好容光，且且須呼賓友，西園長宵，宴雲謠，歌皓齒，且行樂。

『按萬氏詞律亦載此篇，註云：「後半叶韻甚少，必有訛處，不敢擅註句逗，即前半亦未必確。然原註大石調，姑存其體，以爲餼羊而已。」杜文瀾曰：「冷高梧凋萬葉句，葉字及蟬聲新雨歇句歇字，疑換韻，自爲叶。此調不足爲法，以是長調之祖，錄之。」』

詞苑叢談曰：『六州歌頭，本鼓吹曲也；音調悲壯，又以古興亡事實之，聞之使人慷慨，良不與豔詞同科，誠可喜也。六州得名，蓋唐人西邊之州，伊州、梁州、石州、甘州、渭州、氐州也。宋人大祀大卹，皆用此調；明朝大卹，則用應天長云。』伊涼等曲，亦詞之原。

昔人爲詞，大半據張南湖詩餘圖譜，及程明善嘯餘譜；清初乃有萬樹詞律；三書均不能無誤者。鄒祗謨詞衷曰：『今人作詩餘，多據張南湖詩餘圖譜，及程明善嘯餘譜二書。南湖譜平仄差核，而用黑白及半黑半白圈以分別之，不無魚豕之訛。且載調太略，如粉蝶兒與惜奴嬌本係兩體，但字數稍同，及起句相似，遂誤爲一體；恐亦未安。至嘯餘譜則舛誤益甚，如念奴嬌之與無俗念、百字謠、大江乘、賀新郎之與金縷曲，金人捧露盤之與上西平，本一體也；而分載數體。燕臺春之卽燕春臺，大江乘之卽大江東，秋霽之卽春霽，踈影之卽疎影，本無異名也；而誤仍訛字，或列數體，或逸本名。甚至錯亂句讀，增減字數，而強綴標目，妄分韻腳。又如千年調、六州歌頭、陽關引、帝臺春之類，句數率皆淆亂成譜。如是學者奉爲金科玉律，何以迄無駁正者耶？』按萬氏詞律較晚出，於嘯餘譜等書已多所糾正。然其中句讀，仍有時舛誤，要其大體，勝前二書矣。蓋爲卷二十，爲調六百六十，爲體一千一百八十有奇，亦云備矣。

詞衷又曰：『兪少卿云：「郎仁寶謂塡詞名同而文有多寡，音有平仄各異者甚多，悉無書可證；」然三人占則從二人，取多者證之可矣。所引康伯可之應天長，葉少蘊之念奴嬌，俱有兩首，不獨文稍異而多寡懸殊，則傳流抄錄之誤也。樂章集中尤多，其他往往平仄稍異者亦多，吾向謂間亦有可移者，此類是也。又云：「有二句合作一句，一句分作兩句者，字數不差，妙在歌者上下縱橫所協。」此自確論。子瞻塡長調多用此法，他人卽不爾；至於花閒集同一調名，而人各一體，如荷葉杯、訴衷情之類，至河傳、酒泉子等尤甚；當時何不另創一名耶？殊不可曉。愚按此等處近譜俱無定例，作詞者旣用其體，卽於本題註明亦可。』

詞衷引俞少卿云：『花閒集內三十二調，草堂諸本所無；尊前集僅當花閒三之一，而草堂所無者二十八調，內八調與花閒同，餘又皆花閒所無。有喜遷鶯、應天長、三臺，名與草堂同，而詞絕不同；又有調同而名異者，憶仙姿即如夢令羅敷豔歌即醜奴兒令又有調同而微不同者，瀟湘神赤棗子之於搗練子一斛珠之於醉落魄餘亙殫述。大抵一調之始，隨人遣詞命名；初無定準，致有紛拏。至花草粹篇，異體怪目，渺不可極；或一調而名多至十數，殊厭披覽。後世有述，則吾不知。』鄒祇謨謂『此類宋詞極多，張宗瑞詞一卷，悉易新名；近來名人亦間效此。余選悉從舊名，而詳為考註，庶使觀者披卷曉然』。

詞衷又曰：『阮亭常云，詞選須從舊名；如本草誌藥，一種數名，必好稱新目，無裨方理，徒惑觀聽。愚謂好用舊譜之改稱者，如本草中之別名也。又有自立新名，按其詞則枵然無有者；如清異錄中藥名，好奇妄撰者也。然間有古名無謂，而偶易佳名者；如用修易六醜為箇儂，阮亭易秋思耗為畫屏秋色，但就本詞稱之，不妨小作狡獪。』

又曰：『詞有一體而數名者，亦有數體而一名者；詮敘字數，不無次第參錯。其一二字之間，在於作者研詳綜變，譜中譜外，多取唐宋人本詞較合，便得指南。張世文、謝天瑞、徐伯曾、程明善等前後增損，繁簡俱未盡善。沈天羽謂花閒無定體，不必派入體中；但就河傳、酒泉子諸調言耳，要非定論。前人著令，後人爲律，必謂花閒無定體，草堂始有定體，則作小令者，何不短長任意耶？』

又曰：『詞之歌調，既已失傳；而後人製調創名者，亦復不乏：如用修之落燈風、款殘紅，元美之小諾臯、怨朱絃，緯眞之水慢聲、裂石青江，仲茅之美人歸，仲醇之闌干拍，以及支機集之琅天樂、天台宴等類，不識比之樂章大聲諸集，輒叶律與否？文人偶一爲之可也。』

又曰：『宋人諸體，亦有不可驟解者：如蘇長公之皂羅特髻，（中調）連用七采菱拾翠字；程書舟之四代好，（長調）連用八好字；劉龍洲之四犯翦梅花，（長調）中犯解連環、醉蓬萊、（二段）雪獅兒等體。又如柳屯田樂章集中如傾杯、塞孤、祭天神諸長調，俱不分換頭。凡此等類，未易縷析；龍洲之四犯，想即如南北曲之有二犯三犯耶？或後人所增，如劉煇之嫁名歐陽，未可知也。』

又曰：『調名原起之說，起於楊用修及都元敬；而沈天羽掩楊論爲己說：如蝶戀花，取梁元帝「翻堦蛺蝶戀花情」；滿庭芳，取吳融「滿庭芳草易黃昏」；點絳脣，取江淹「白雪凝瓊貌，明珠點絳脣」；鷓鴣天，取鄭嵎「春遊雞鹿塞，家在鷓鴣天」；惜餘春，取太白賦語；浣溪紗，取杜陵詩意，青玉案，取四愁詩語；踏莎行，取韓翃詩「踏莎行草過青溪」；西江月，取衞萬詩「只今惟有西江月」；菩薩蠻，西域婦髻也；蘇幕遮，（高昌女子所戴油帽）西域婦帽也；尉遲杯，尉遲敬德飲酒必用大杯也；蘭陵王，每入陣必先歌其勇也；生查子，古槎字，張騫乘槎事也；瀟湘逢故人，柳渾詩句也；此升菴詞品也。（卽沈天羽所載疏名）又如滿庭芳，取柳柳州「滿庭芳草積」；玉樓春，取白樂天詩「玉樓宴罷醉和春」；丁香結，取古詩「丁香結恨新」；霜葉飛，取杜詩「清霜洞庭葉，故欲別時飛」；清都宴，取沈隱侯「朝上閶闔宮，夜宴清都闕。」又云：風流子出文選，劉良文選註曰：「風流、言其風美之聲流於天下；子者，男子之通稱也。」荔枝香出唐書，貴妃生日，命小部奏新曲，未有名，適進荔枝至，因名荔枝香。解語花，出天寶遺事，亦明皇稱貴妃語。解連環，出莊子「連環可解也」。華胥引，出列子「黃帝晝寢，夢遊華胥之國。」如塞垣春，塞垣二字出後漢書鮮卑傳；玉燭新，玉燭二字出爾雅。此元敬南濠詩話也。卓珂月又云：「多麗，張均妓名，善琵琶者也；念奴嬌，唐明皇宮人念奴也。」愚按宋人詞調不下千餘，新度者卽本詞取句命名，餘俱按譜塡綴，若一一推鑿，何能盡符原指？安知昔人最始命名者，其原詞不已失傳乎？且僻調甚多，安能一一傳會載籍，自命稽古學者寧失闕疑，毋使後人徒資彈射可耳。』

又曰：『胡元瑞筆叢，駁用修處最多，其辨詞調尤極覼縷：如辨詞名之本詩者，點絳脣、青玉案等；楊說或協，餘俱偶合，未必盡自詩中。滿庭芳草易黃昏，唐人本形容淒寂，詞名滿庭芳，豈應出此？生查子謂查卽古槎字合之博望，意義不通。菩薩蠻謂蠻國之人危髻金冠，瓔珞被體，故名；非專指婦髻也。蘭陵王入陣曲見北齊書，尉遲大杯正史無考，乃誤認元人雜劇。鷓鴣天謂本鄭嵎詩，則雞鹿塞當入何詞？曲中有黃鶯兒、水底魚、鬬鵪鶉、混江龍等，又本何調耶？元瑞此論，可謂詞品董狐矣！愚按用修元敬俱號綜博，而過於求新作好，遂多瑣漏。如一滿庭芳而用修謂本吳融，元敬謂本柳州，果何所原起歟？風流子二字一解，尤爲可笑。詞中如贊浦子、竹馬子之類極多，亦男子通稱耶？則兒字又屬何解？荔枝香、解語花，與安公子等類相近，似乎可據；若連環、華胥本之莊列，塞垣、玉燭本之後漢書、爾雅，遙遙華胄，探河宿海，毋乃大遠？此俱穿鑿附會之過也。然元瑞考據精詳，而於詞理未盡研涉，毛稚黃詩辨坻駁胡元瑞云：「詞人以所長入詩，其七言律非平韻玉樓春，則襯字鷓鴣天，而玉樓春無平韻者，鷓鴣天無襯字者；是不知有瑞鷓鴣，而以臆說附會也。此數調本在眉睫，而持論或誤，信乎博而且精之爲難矣！」』

又曰：『詞品云：「唐詞多緣題所賦：臨江仙則言水仙；女冠子則述道情；河瀆神則緣祠廟；巫山一段雲則狀巫峽；醉公子則咏公子醉也。」胡元瑞藝林學山云：「諸詞所詠，固卽詞名；然詞家亦間如此，不盡泥也。菩薩蠻稱唐世諸調之祖，昔人著作最衆，乃無一曲與詞名相合，餘可類推。猶樂府然，題卽詞曲之名也，聲調卽詞曲音節也。宋人塡詞絕唱，如流水孤村、曉風殘月等篇，皆與調名了不關涉；而王晉卿人月圓，謝無逸漁家傲，殊碌碌無聞；則樂府所重，在調不在題，明矣。」愚按此論楊固太泥，胡亦未盡通方也。大率古人由詞而製調，故命名多屬本意；後人因調而塡詞，故賦寄率離原詞；曰塡曰寄，通用可知。宋人如黃鶯兒之詠鶯，迎新春之詠春，月下笛之詠笛，暗香、疎影之詠梅，粉蝶兒之詠蝶，如此之類，其傳者不勝屈指；然工拙之故，原不在是。……偶爾引用，巧不累雅；若藉是名工，所謂竇中窺日，未見全照耳。」』

又曰：『沈天羽云：「詞名多本樂府，然去樂府遠矣；南北劇名，又本塡詞，然去塡詞更遠。按南北劇與塡詞同者：青杏兒（中調）卽北劇小石調；憶王孫（小令）卽北劇仙呂調；小令之搗練子、生查子、點絳脣、霜天曉角、卜算子、謁金門、憶秦娥、海棠春、秋蘂香、燕歸梁、浪淘沙、鷓鴣天、虞美人、步蟾宮、鵲橋仙、夜行船、梅花引，中調之唐多令、一翦梅、破陣子、行香子、青玉案、天仙子、傳言玉女、風入松、剔銀燈、祝英臺近、滿路花、戀芳春、意難忘，長調之滿江紅、尾犯、滿庭芳、燭影搖紅、絳都春、念奴嬌、高陽臺、喜遷鶯、東風第一枝、眞珠簾、齊天樂、二郎神、花心動、寶鼎現，皆南劇之引子。小令之柳梢青、賀聖朝，中調之醉春風、紅林檎近、驀山溪，長調之聲聲慢、八聲甘州、桂枝香、永遇樂、解連環、沁園春、賀新郎、集賢賓、哨遍，皆南劇慢詞。外此鮮有相同者。更有南北曲與詩餘同名，而調實不同者，又不能盡數。」胡元瑞云：「宋人黃鶯兒、桂枝香、二郎神、高陽臺、好事近、醉花陰、八聲甘州之類，與元人毫無相似；若菩薩蠻、西江月、鷓鴣天、一翦梅，元人雖用，悉不可按腔矣。」愚按此等九宮譜中悉載，然有全體俱似者，又有不用換頭者，至詞曲之界，本有畦畛，不得謂調同而詞意悉同，竟至儒墨無辨也。』

又曰『小調換韻，長調多不換韻；閒如小梅花、江南春諸調，凡換韻者多非正體，不足取法。』

又曰『詞有檃括體，有迴文體：迴文之就句迴者，自東坡晦菴始也；其通體迴者，自義仍始也；近來公酨文友有一首迴作兩調者，文人慧筆，曲生狡獪，此中故有三昧，匪徒乞靈饕家餘巧也。』

又曰：『詞之紇那曲、長相思，五言絕句也；（俱載尊前集中）柳枝、竹枝、清平調引、小秦王、陽關曲、八拍蠻、浪淘沙，七言絕句也；阿那曲、雞叫子，仄韻七言絕句也；（花間集多收諸體）瑞鷓鴣，七言律詩也；（載草堂集中）款殘紅，五言古詩也。（揚用修體）體裁易混，徵選實繁，故當稍別之以存詩詞之辨。』

王阮亭曰：『近日雲閒作者論詞有云：「五季猶有唐風，入宋便開元曲；故耑意小令，冀復古音；屛去宋調，庶防流失。」僕謂此論雖高，殊屬孟浪。廢宋詞而宗唐，廢唐詩而宗漢魏，廢唐宋大家之文而宗秦漢，然則古今文章，一畫足矣，不必三墳八索至六經三史，不幾贅疣乎？』又云：『或問詩詞曲分界？予曰：「無可奈何花落去，似曾相識燕飛來，」定非香奩詩；「良辰美景奈何天，賞心樂事誰家院？」定非草堂詞也。』

詞苑叢談曰：『詞有定名，即有定格；其字數多寡平仄韻脚較然。中有參差不同者？一曰襯字：文義偶不聯暢，用一二字襯之；密按其音節，虛實閒正文自在，如南北劇這字那字正字個字卻字之類。從來詞本即無分別，不可不知。一曰宮調：所謂黃鍾宮、仙呂宮、無射宮、中呂宮、正宮、仙呂調、歇指調、高平調、大石調、小石調、正平調、越調、商調也。詞有同名而所入之宮調異字數多寡亦因之異者；如北劇黃鐘水仙子，與雙調水仙子異；南劇越調過曲、小桃紅，與正宮過曲小桃紅異之類。一曰體製：唐人長短句皆小令耳，後演爲中調，爲長調。一名而有小令，復有中調，有長調；或系之以犯，以近，以慢別之，如南北劇名犯名賺名破之類。又有字數多寡同而所入之宮調異，名亦因之異者：如玉樓春與木蘭花同，而以木蘭花歌之，即入大石調之類。又有名異而字數多寡則同：如蝶戀花一名鳳棲梧、鵲橋枝，如念奴嬌一名百字令、酹江月、大江東去之類，不能殫述矣。』

王西樵曰：『菩薩蠻迴文有二體：有首尾迴環者；如邱瓊山秋思，湯臨川織錦是也。有逐句轉換者；如蘇子瞻閨思，王元美別思是也。然逐句難於通首；近時惟丁藥園擅此體。今錄其一篇云「下簾低喚郎知也也知郎喚低簾下；來到莫疑猜猜疑莫到來。道儂隨處好，好處隨儂道；書寄待何如，如何待寄書。」』

尤悔菴曰：『詞名斷宜從舊；其更名者，乃摘前人詞中句爲之；如東坡念奴嬌赤壁詞首云：「大江東去，」末云「一樽還酹江月；」今人竟改念奴嬌爲大江東去，又名酹江月，又名赤壁詞;如此則有一詞卽有一詞名,千百不能盡矣。後人訛大江東爲大江乘,更可笑,舉一以例其餘。』

宋陳亞性滑稽,常用藥名作閨情生查子三首:

相思(相思子)意已深(薏苡),白紙(白芷)書難足;字字苦參(苦參)商,故要檀郎讀(狠毒)。分明記得約當歸(當歸),遠至(遠志)櫻桃熟;何事菊花時,猶未回鄉(茴香)曲?

小院雨餘涼(禹餘糧),石竹風生砌;罷扇儘從容(蓯蓉),半下(半夏)紗幮睡。起來閒坐北亭(柏葶)中,滴盡珍珠淚;爲念壻辛(細辛)勤,去折蟾宮桂。

浪蕩去來來,躑躅花頻換;可惜石榴裙,蘭麝香將半。琵琶閒後理相思,必撥(蓽茇)朱絃斷;擬續斷(續斷)朱絃,待這(代赭)寃家面。

此等詞畢竟不雅。韓文公遣興詩:『斷送一生惟有酒;』又贈鄭兵曹詩:『破除萬事無過酒。』山谷各去其一字,作勸酒詞云:

斷送一生惟有,破除萬事無過遠山橫黛蘸秋波,不飲傍人笑我。花病等閒瘦弱,春愁沒處遮攔;杯行到手莫留殘,不道月斜人散。

第二節　作詞法

楊誠齋曰：『作詞有五要。第一要擇腔。腔不韻則勿作；如塞翁吟之衰颯，帝臺春之不順，隔浦蓮之奇煞，鬭百花之無味是也。

第二要擇律。律不應則不美；如十一月須用正宮，元宵詞必用仙呂宮，爲相宜也。

第三要句韻按譜。自古作詞，能依句者少，依譜用字者百無一二；若歌韻不協，奚取哉！或謂善歌者，能融化其字則無疵；殊不知製作轉折，用或不當則失律，正旁偏側，凌犯他宮，非復本調矣。

第四要推律押韻。如越調水龍吟，商調二郎神，皆用平入聲韻，古調俱押去聲；所以轉折乖異，苟或不詳，則乖音昧律者，反加稱賞，是解熙熙而啓齒也。

第五要立新意。若用前人詩詞句爲之，此蹈襲無足奇也。須作不經人道語，或翻前人意，始能驚人。若祗鍊字句，纔讀一過，便無精神，不可不知也。』

張玉田曰：『塡詞先審題，因題擇調名，次命意，次選韻，次措詞。其起結須先有成局，然後下筆。最是過變勿斷了曲意，要結上起下爲妙。』

又曰：『詞中句法，貴平妥精粹。一曲之中，安能句句高妙，只要襯副得去；於好發揮處，勿輕放過，自然使人讀之擊節。』

又曰：『句法中有字面，生硬字切勿用；必深加鍛鍊，字字推敲響亮，歌之妥溜，方爲本色語。方回、夢窗，精於鍊字者；多從李長吉、溫庭筠詩中取法來。故字面亦詞中起眼處，不可不留意也。』

又曰：『詞要清空，勿質實。清空則古雅峭拔，質實則凝澁晦昧。姜白石如野雲孤飛，去留無迹；吳夢窗如七寶樓臺，眩人眼目，拆碎下來，不成片段。此爲清空質實之說。』

又曰：『詞中用事要融化不澁，如東坡永遇樂云：「燕子樓空，佳人何在？空鎖樓中燕！」用張建封事。白石疏影云：「猶記深宮舊事，那人正睡裏，飛近蛾綠。」用壽陽事。又云：「昭君不慣胡沙遠，但暗憶江南江北，想環珮月下歸來，化作此花幽獨。」用少陵詩。皆用事而不爲所使。』

又曰：『詩難詠物，詞爲尤難。體認稍眞，則拘而不暢；摹寫差遠，則晦而不明。須收縱聯密，用事合題。如邦卿東風第一枝詠雪，雙雙燕詠燕；白石齊天樂賦促織；全章精粹，瞭然在目，而不留滯於物者也。詞之難於小令，如詩之難於絕句。蓋十數句間，要無閒句字，要有閒意趣，末又要有有餘不盡之意。』

又曰：『語句太寬則容易，太工則苦澁；故對偶處卻須極工，字眼不得輕泛。正如詩眼一例，若八字既工，下句便須少寬，約莫太寬，又須工緻，方爲精粹。』

楊升菴曰：『玉田清空二字，詞家三昧盡矣。學者必在心傳耳傳，以心會意，有悟入處，又須跳出窠臼，時標新意，自成一家；若屋下架屋，則爲人之臣僕。』

又曰：『塡詞平仄及斷句皆有定數，而詞人語意所到，時有參差。如秦少游水龍吟前段歇拍句云：「紅成陣，飛鴛甃；」換頭落句云：「念多情，但有當時皓月，照人依舊，」以詞意言，當時皓月作一句，照人依舊作一句；以詞調拍眼，但有當時作一拍，皓月照作一拍，人依舊作一拍爲是也。又如水龍吟首句本是六字，第二句本是七字，陸放翁此調首句云：「摩訶池上追遊路，」則七字；下云「紅綠參差春晚，」卻是六字。又如瑞鶴仙「冰輪桂花滿溢」爲句，以滿字叶，而以溢字帶在下句。別如二句分作三句，三句合作二句者尤多；

然句法雖不同，而字數不多少，妙在歌者上下縱橫取協爾。』

徐天池曰：『作詞對句好易得，起句好難得，收拾全藉出場。凡觀詞當先辨古今體製雅俗；脫盡宿生塵腐氣者，方取咀味。』

陳眉公曰：『製詞貴於布置停勻，氣脈貫串；其過疊處，尤當如常山之蛇，顧首顧尾。』

徐伯魯曰：『自樂府亡而聲律乖；謫仙始作清平調、憶秦娥、菩薩蠻諸詞，時因效之。厥後行衛尉少卿趙崇祚輯爲花間集，凡五百闋，此近代倚聲塡詞之祖也。放翁云：「詩至晚唐五季，氣格卑陋，千人一律；而長短句獨精巧高麗，後世莫及。此事之不可曉者。」蓋傷之也。然詩餘謂之塡詞，則調有定格，字有定數，韻有定聲；至於句之長短，雖可損益，然亦不當率意爲之。譬諸醫家加減古方，不過因其大局而稍更之；一或太過，則失製方之本意矣。』

兪仲茅曰：『詞全以調爲主，調全以字之音爲主。音有平仄，多必不可移者，間有可移者；仄有上去入，多可移者，間有必不可移者。倘必不可移者，任意出入，則歌時有棘喉澁舌之病。故宋時一調，作者多至數十人，如出一吻。今人既不解歌，而詞家染指，不過小令中調，尙多以律詩手爲之；不知孰爲音？孰爲調？何怪乎詞之亡已。』

又曰：『遇事命意：意忌庸，忌陋，忌襲；立意命句：句忌腐，忌澁，忌晦；意卓矣，而束之以音；屈意以就音，而意能自達者鮮。句奇矣，而攝之以調；屈句以就調，而句能自振者鮮。此詞之所以難也。』

又曰：『小令佳者，最為警策；令人動褰裳涉足之想。第好語往往前人說盡，當何處生活。長調尤為壘壘，染指較難。蓋意窘於侈，字貧於複，氣竭於鼓，鮮不納敗，比於兵法，知難可焉。』

劉體仁詞繹曰：『詞起結最難，而結尤難於起，蓋不欲轉入別調也。「呼翠袖為君舞」「倩盈盈翠袖揾英雄淚」，正是一法；然又須結得有「不愁明月盡，自有夜珠來」之妙乃得。』

又曰：『稼軒「杯汝來前」，毛穎傳也；「誰共我醉明月，」恨賦也；皆非詞家本色。』

又曰：『「夜闌更秉燭，相對如夢寐；」叔原則云：「今宵剩把銀釭照，猶恐相逢是夢中；」此詩與詞之分疆也。』

又曰：『中調、長調轉換處，不欲全脫，不欲明粘。如畫家開合之法，須一氣呵成，則神味自足，以有意求之不得也。』

又曰：『長調最難工，蕪累與癡重同忌；襯字不可少，又忌淺熟。』

又曰：『詞中對句正是難處，莫認作襯句。至五言對句七言對句，使觀者不作對疑尤妙。』

沈去矜曰：『承詩啓曲者詞也，上不可似詩，下不可似曲。然詩曲又俱可入詞，貴人自運。』

又曰：『詞不在大小淺深，貴於移情，曉風殘月、大江東去，體製雖殊，讀之皆若身歷其境，惝恍迷離，不能自主，文之至也。』

又曰：『小調要言短意長，忌尖弱；中調要骨肉停勻，忌平板；長調要操縱自如，忌粗率。能於豪爽中著一二精緻語，綿婉中著一二激厲語，尤見錯綜。』

又曰：『白描不可近俗，修飾不得太文，生香眞色在離卽之閒，不特難知亦難言。』

又曰：『僻詞作者少，宜渾脫乃近自然；常調作者多，宜生新斯能振動。』

又曰：『塡詞結句，或以動蕩見奇，或以迷離稱雋，著一實語敗矣。康伯可「正是銷魂時候也，撩亂花飛；」晏叔原「紫騮認得舊遊蹤，嘶過畫橋東畔路；」秦少游「放花無語對斜暉，此恨誰知；」深得此法。』

又曰『詞要不亢，不卑，不觸，不悖；驀然而來，悠然而逝。立意貴新；設色貴雅；構局貴變；言情貴含蓄；如驕馬弄銜而欲行，粲女窺簾而未出，得之矣。』

賀黃公詞筌曰『詞家多翻詩意入詞，雖名流不免。吾常愛李後主一斛珠末句云：「繡牀斜凭嬌無那，爛嚼紅絨笑向檀郎唾。」楊孟載春繡絕句云「閒情正在停針處，笑嚼紅絨唾碧窗。」此卻翻詞入詩。』

又曰『詞雖以險麗爲工，實不及本色語之妙。如李易安「眼波纔動被人猜；」蕭淑蘭「去也不教知，怕人留戀伊；」魏夫人「爲報歸期須及早，休誤妾一春閒；」孫光憲「留不得，留得也應無益；」嚴次山「一春不忍上高樓，爲怕見分攜處。」觀此種句，覺「紅杏枝頭春意鬧」，尚書安排一個字，費許大氣力。』

又曰『寫景之工者，如尹鶚「盡日醉尋春，歸來月滿身；」李重光「酒惡時拈花蕊嗅；」李易安「獨抱濃愁無好夢，夜闌猶翦燈花弄；」劉潛夫「貪與蕭郎眉語，不知舞錯伊州，」皆入神之句。』

又曰：『小詞以含蓄爲佳，亦有作決絕語而妙者：如韋莊「誰家年少足風流，妾擬將身嫁與一生休，縱被無情棄，不能羞」之類是也。牛嶠「須作一生拚，盡君今日歡」抑亦其次。柳耆卿「衣帶漸寬終不悔，爲伊消得人憔悴」亦即韋意而氣加婉矣！』

又曰：『凡寫迷離之況者，止須述景。如「小窗斜日到芭蕉」「半牀斜月疎鐘後」不言愁而愁自見。因思韓致光「空樓雁一聲，遠屏燈半滅」，已足色悲涼，何必又贅「眉山正愁絕」耶？覺首篇「時復見殘燈，和煙墜金穗」如此結句，更自含情無限。』

又曰：『詞之最醜者爲酸腐，爲怪誕，爲麤莽。以險麗爲貴矣，又須泯其鏤刻痕乃佳。』

又曰：『作險韻者以妥爲貴。如史梅溪一斛珠用慳躡疊接等韻語甚生新，卻無一字不妥。』

又曰：『韓幹畫馬而身作馬形；凝思之極，理或然也。作詩文亦必如此始工：如史邦卿咏燕，幾於形神俱似。姜白石咏蟋蟀，蟋蟀無可言，而言聽蟋蟀者，正姚鉉所謂「賦水不當僅言水，當言水之前後左右。」又如張功甫「月洗高梧」一闋，不惟曼聲勝，其高調形容處亦心細如髮，皆姜詞之所未發。嘗觀姜論史詞，不稱其「輭語商量，」而賞其「柳昏花暝，」固知不免項羽學兵法之恨。』

又曰：『長調最忌演湊，如蘇養直「獸鐶半掩，」前半皆景語；至「漸迤邐更催銀箭」以下，則觸景生情，緣情布景，節節轉換，穠麗周密，譬之織錦家，眞竇氏回文梭也。』

毛稚黃曰：『詞家刻意、俊語、濃色，此三者皆作神明；然須有淺淡處平處，忽著一二，乃佳。如美成秋思，平敍景物已足；乃出「醉頭扶起寒怯，」便動人工妙。』

又曰：『前半泛寫，後半專敍，盛宋詞人多此法。如子瞻賀新涼，後段只說榴花；卜算子後段只說鳴雁；周清眞寒食詞，後段只說邂逅；乃更覺意長。

又曰：『藝苑卮言云「塡詞小技，尤爲謹嚴。」夫詞宜可自放，而元美乃云謹嚴；知詞故難作，作詞亦未易也。柴虎臣云：「指取溫柔，詞歸蘊藉，暱而閨幃，勿浸而巷曲；浸而巷曲，勿墮而郕鄙。』

又云：『語境則咸陽古道，汴水長流；語事則赤壁周郎，江州司馬；語景則岸草平沙，曉風殘月；語情則紅雨飛愁，黃花比瘦；可謂雅暢。』

又曰：『詞家意欲層深，語欲渾成，作詞者大抵意深層者語便刻畫，語渾成者意便膚淺，兩難兼也。或欲舉其似，偶拈永叔詞云：「淚眼問花花不語，亂紅飛過鞦韆去，」此可謂層深而渾成。何也？因花而有淚，此一層意也；因淚而問花，此一層意也；花竟不語，此一層意也；不但不語，且又亂落飛過鞦韆，此一層意也。人愈傷心，花愈惱人，語愈淺而意愈入，又絕無刻畫費力之迹；謂非層深而渾成耶？然作者初非措意，直如化工生物，筍未出而苞節已具，非寸寸爲之也。若先措意，便刻畫愈深，愈墮惡境矣。此等一經拈出後，便當掃去。』

又曰：『塡詞長調，不下於詩之歌行，長篇歌行猶可使氣，長調使氣便非本色。高手當以情致見佳，蓋歌行如駿馬驀坡，可以一往稱快；長調如嬌女步春，旁去扶持，獨行芳徑，徙倚而前，一步一態，一態一變，雖有强力健足，無所用之。』

又曰：『宋人詞才若天縱之，詩才若天絀之。宋人作詞多綿婉，作詩便硬；作詞多蘊藉，作詩便露；作詞頗能用虛，作詩便實；作詞頗能盡變，作詩便板。』

又曰：『沈伯樂樂府指迷論塡詞詠物，不宜說出題字。余謂此說雖是，然作啞謎亦可憎，須令在神情離卽間乃佳。如姜夔暗香詠梅云：「算幾番照我梅邊吹笛，」豈害其佳？』

卓珂月曰：『昔人論詞曲必以委曲爲體；雄肆其下乎？然晏同叔云「先君生平不作婦人語。」夫委曲之弊，入於婦人；與雄肆之弊入於村漢等耳。』

顧宋梅曰：『詞雖貴於情柔聲曼，然第宜於小令；若長調而亦喁喁細語，失之約矣。必慷慨淋漓，沈雄悲壯，乃爲合作。其不轉韻者，以調長恐勢散而氣不貫也。』

彭駿孫曰：『詞以自然爲宗；但自然不從追琢中來，便率易無味。如所云絢爛之極，乃造平淡耳；若使語意淡遠者，稍加刻畫，鏤金錯繡者，漸近天然，則駸駸乎絕唱矣。』

又曰：『作詞必先選料。大約用古人之事，則取其新穎而去其陳因；用古人之語，則取其清雋而去其平實；用古人之字，則取其鮮麗而去其淺俗。』

又曰：『詞雖小道，然非多讀書不能工：方虛谷之譏戴石屏，楊用修之論曹元寵。古人且然，何況今日。』

董文友曰：『金粟謂近人詩餘，能作景語，不能作情語。僕則謂情語多，景語少，同是一病。但言情至色飛魂動時，乃能於無景中著景，此理亦近人未解。艾菴乃謂僕自道，試以質之阮亭。』

鄒程村曰：『朱承爵存餘堂詩話云「詩詞雖同一機杼，而詞家意象與詩咯有不同。句欲斂，字欲捷，長篇須曲折三致意，而氣自流貫，乃得此語可爲作長調者法。蓋詞至長調，變已極矣；南宋諸家凡偏師取勝者，莫不以此見長。而梅溪、白石、竹山、夢窗諸家，麗情密藻，盡態極姸，要其瑰琢處，無不有蛇灰蚓線之妙。則所謂一氣流貫也。」』

又曰：『阮亭常云「有詩人之詞，有詞人之詞，詩人之詞，自然勝引，託寄高曠；詞人之詞，纏綿蕩往，窮纖極隱。」』

又曰：『咏古非惟著不得宋腐論，幷著不得晚唐人翻案法。又復流連，別有寄託。』

王阮亭曰：『「空得鬱金裙，酒痕和淚痕」，舒亶語也。鍾退谷評閭丘曉詩，謂具此手段，方能殺王龍標，此等語乃出渠輩手，豈不可惜，僕每讀嚴分宜鈐山堂詩，至佳處輒作此嘆。』

又曰：『「平蕪盡處是春山，行人更在春山外；」升菴以擬石曼卿「水畫天不盡，人在天盡頭」，未免河漢。蓋意近而工拙懸殊，不啻霄壤。且此等入詞爲本色，入詩卽失古雅，可與知者道耳。』

又曰：『張玉田謂詞不宜和韻；蓋詞語句參錯，復格以成韻，支分驅染，欲合得離。能如李長沙所謂善用韻者，雖和猶如自作乃妙。近則香巖諸集，半用宋韻；阮亭稱其與和杜諸作同爲天才不可學。其餘名手多喜爲此；如和坡公楊花諸関，各出新意，篇篇可誦；但不可如方千里之和片玉，張杞之和花閒，首首强叶，縱極肖，能如新豐鷄犬盡得故處乎？』

又曰：『咏物固不可不似，尤忌刻意太似；取形不如取神，用事不若用意。』

張祖望曰：『詞雖小道，第一要辨雅俗：結構天成，而中有豔語、雋語、奇語、豪語、苦語、癡語、沒要緊語，如巧匠運斤，毫無痕跡，方爲妙手。古詞中如「秦娥夢斷秦樓月；」「小樓吹徹玉笙寒；」「香老春蕪，償盡迷樓花債；」豔語也。「對桐陰滿庭淸晝；」「任老卻蘆花，秋風不管；」「只有夢來去，不怕江闌住；」雋語也。「試問琵琶，胡沙外怎生風色；」「河星瀲灩春雲熱；」「月輪桂老，撑破珠胎；」「柳鎖鶯魂；」奇語也。「卷起千堆雪；」「任天河水瀉流乾銀汁；」「易水蕭蕭西風冷，滿座衣冠如雪；」豪語也。「淚花落枕紅綿冷，黃昏卻下瀟湘雨；」「楊柳梢頭能有春多少，斷送一生憔悴；」「能消幾箇黃昏；」「斷魂千里，夜夜岳陽樓，」苦語也。「海棠開後，望到如今；」「惟有樓前流水，應念我終日凝眸；」「蟋蟀哥哥：倘後夜暗風淒雨，再休來小窗悲訴；」癡語也。「這次第怎一個愁字了得；」「怕無人料理黃花，等閒過了；」「一寸相思千萬結；」「人間沒箇安排處」沒要緊語也。此類甚多，略拈出一二。至如「密約偷期把燈撲滅，巫山雲雨好夢驚散」等字面惡俗，不特見者欲嘔，亦且傷風敗俗，大雅君子所不道也。』（節錄掞天詞序）

李東琪曰：『小令敍事須簡淨，再著一二景物語，便覺筆有餘閒。中調須骨肉停勻，語有盡而意無窮。長調切忌過於鋪敍，其對仗處須十分警策，方能動人；設色既窮，忽轉出別境，方不窘於邊幅。』

又曰：『詩莊詞媚，其體元別，然不得因媚輒寫入淫褻一路；媚中仍存莊意，風雅庶幾不墜。』

張砥中曰：『凡詞前後兩結最爲緊要；前結如奔馬收韁，須勒得住，尚存後面地步，有住而不住之勢；後結如衆流歸海，要收得盡，迴環通首源流，有盡而不盡之意。』

又曰：『一調中通首皆拗者，遇順句必須精警；通首皆順者，遇拗句必須純熟：此爲句法之要。』

李笠翁曰：『作詞之難，難於上不似詩，下不類曲，立於二者之中，致空疏者作詞，無意背曲，而不覺彷彿乎曲；有學問人作詞，儘力避詩，而究竟不離於詩；一則苦於習久難變，一則迫於舍此實無也。欲去此二弊，其究心於淺深高下之間乎？』

袁籜菴云：『詞有三法：章法，句法，字法。有此三者，方可稱詞也。』

詞苑叢談曰：『詞與詩不同，詞之語句，有兩字四字至七八字者；若惟疊實字，讀之且不通，況付雪兒乎？合用虛字呼喚，一字如「正」「但」「任」「況」之類，兩字如「莫是」「又還」之類，三字如「更能消」「最無端」之類，卻要用之得其所。』

仲雪亭曰：『作詞用意，須出人想外，用字如在人口頭，創語新，鍊字響，翻案不雕刻以傷氣，自然遠庸熟而求生。再以周清眞之典麗，姜白石之秀雅，史梅溪之句法，吳君特之字面，用其所長，棄其所短，規摹研揣，豈不能與諸公爭雄長哉！』

第三節　古今詞家略評

詞盛於晚唐五代，要至兩宋而後其體始大。五代詞見花閒、尊前諸集，多係小令；宋人始多爲長調者。宋初則柳屯田之樂章集，最爲擅名，且精協聲律。此後作者日衆。李易安詞論，於北宋詞人頗加評論，其辭曰：

『五代干戈，斯文道熄；獨江南李氏君臣尚文雅，故有「小樓吹徹玉笙寒，吹縐一池春水」之辭，語雖奇甚，所謂亡國之音哀以思也。逮至本朝，禮樂文武大備，又涵養百餘年，始有柳屯田永者，變舊聲作新聲，出樂章集，大得聲稱於世；雖協音律，而詞語塵下。又有張子野、宋子京兄弟、沈唐、元絳、晁次膺輩繼出，雖時時有妙語，而破碎何足名家。至晏元獻、歐陽永叔、蘇子瞻，學際天人，作爲小歌詞，直如酌蠡水於大海；然皆句讀不葺之詩爾，又往往不協音律者何耶？蓋詩文分平仄，而歌詞分五音，又分五聲，又分音律，又分清濁輕重。且如近世所謂聲聲慢、雨中花、喜遷鶯，既押平聲韻，又押入聲韻。玉樓春本押平聲韻，又押上去聲。又押入聲，本押仄聲韻，如押上聲則協，如押入聲則不可歌矣。王介甫、曾子固文章似西漢，若作小歌詞，則人必絕倒，不可讀也。乃知別是一家，知之者少。後晏叔原、賀方回、秦少游、黃魯直出，始能知之又晏苦無鋪敍；賀苦少典重；秦卽專主情致，而少故實，譬如貧家美女，非不妍麗，終乏富貴態；黃卽尚故實而多疵病，如良玉有瑕，價自減半矣。』

易安本善爲詞，故譏評頗得其情。其聲聲慢秋閨詞云：

尋尋覓覓冷冷清清悽悽慘慘戚戚，乍暖還寒時候，最難將息。三杯兩盞淡酒，怎敵他晚來風急。雁過也正傷心卻是舊時相識。 滿地黃花堆砌，憔悴損如今有誰堪摘？守著窗兒獨自怎生得黑。梧桐更兼細雨，到黃昏點點滴滴。這次第怎一箇愁字了得？

首句連下十四箇疊字，眞似大珠小珠落玉盤也。又嘗以醉花陰重陽詞，寄其夫趙明誠，詞云：

薄霧濃雰愁永晝，瑞腦噴金獸。佳節又重陽，玉枕紗廚，半夜涼初透。 東籬把酒黃昏後，有暗香盈袖。莫道不銷魂，簾卷西風，人比黃花瘦。

明誠自媿勿如，乃忘寢食，三日夜得十五闋，雜易安作以示陸德夫；德夫玩之再三曰：『只有「莫道不銷魂」三句絕佳。』政易安作也。張子韶對策有「桂子飄香」之語，易安爲詩嘲之曰：『露華倒影柳三變，桂子飄香張九成。』其睥睨當世如此。

復齋漫錄云：『晁無咎評本朝樂章云：世言柳耆卿是曲調，非也；如八聲甘州云：「漸霜風悽慘，關河冷落，殘照當樓。」此唐人語不減高處矣。歐陽永叔浣溪沙云：「堤上遊人逐畫船，拍隄春水四垂天，綠楊樓外出秋千。」此等語絕妙；只一出字，自是著意道不到處。蘇東坡詞，人謂多不諧音律，然居士詞橫放傑出，自是曲中縛不住者。黃魯直間作小詞固高妙，然不是當家語，自是著腔子唱好詩。晏元獻不蹈襲人語而風調閑雅；如「舞低楊柳樓心月，歌盡桃花扇底風，」知此人不住三家村也。張子野與柳耆卿齊名，而時以子野不及耆卿；然子野韻高，是耆卿所乏處。近世以來作者皆不及秦少游；如「斜陽外寒鴉數點，流水遶孤村；」雖不識字人，亦知是天生好言語。』

王元美曰：『花間以小語致巧，世說靡也；草堂以麗字取妍，六朝隃也。即詞號稱詩餘，然而詩人不爲也。何者？其婉孌而近情也，足以移情而奪嗜；其柔靡而近俗也，詩嘽緩而就之，而不知其下也；之詩而詞，非詞也；之詞而詩，非詩也。言其業，李氏、晏氏父子，耆卿、子野、美成、少游、易安至矣，詞之正宗也。溫、韋豔而促，黃九精而刻，長公麗而壯，幼安辨而奇，又其次也，詞之變體也。詞興而樂府亡矣，曲興而詞亡矣；非樂府與詞之亡，其調亡也。』

張世文曰：『詞體大略有二：一婉約，一豪放。蓋詞情蘊藉，氣象恢弘之謂耳。然亦存乎其人如少游多婉約，東坡多豪放。東坡稱少游爲今之詞手，大抵以婉約爲正也，所以後山評東坡如教坊雷大使舞，雖極天下之工，要非本色。』

賀黃公曰：『蘇子瞻有銅喉鐵板之譏，然浣溪沙春歸詞曰：「綵索身輕常起燕，紅窗睡重不聞鶯。」如此風調，令十七八女郎歌之，豈在「曉風殘月」之下。』

詞繹云：『詞亦有初盛中晚，不以代也。牛嶠、和凝、張泌、歐陽炯、韓渥、鹿虔扆輩，不離唐絕句，如唐之初不脫隋調也；然皆小令耳。至宋則極盛，周、張、康、柳，蔚然大家。至姜白石、史邦卿，則如唐之中，而明初比唐晚；蓋非不欲勝前人，而中實枵然，取給而已，於神味處全未夢見。』

華亭宋徵璧曰：『吾於宋詞得七人焉：曰永叔，其詞秀逸；曰子瞻，其詞放誕；曰少游，其詞清華；曰子野，其詞娟潔；曰方回，其詞新鮮；曰小山，其詞聰俊；曰易安，其詞妍婉。他若黃魯直之蒼老，而或傷於頹；王介甫之劖削，而或傷於拗；晁無咎之規檢，而或傷於樸；辛稼軒之豪爽，而或傷於霸；陸務觀之蕭散，而或傷於疎：此皆所謂我輩之詞也。苟舉當家之詞，如柳屯田哀感頑豔，而少寄託；周清眞蜿蜒流美，而乏陡健；康伯可排敘整齊，而乏深邃。其外則謝無逸之能寫景，僧仲殊之能言情，程正伯之能壯采，張安國之能用意，万俟雅言之能疊字，姜白石之能琢句，蔣竹山之能作態，史邦卿之能刷色，黃花菴之能選格，亦其選也。詞至南宋而繁，亦至南宋而敝，作者紛如，難以槩述。夫各因其姿之所近，苟去前人之病，而務用其所長，必賴後人之力也夫！』

彭羨門孫遹曰：『詞家每以秦七黃九並稱，其實黃不及秦遠甚；猶高之視史，劉之視辛，雖齊名一時，而優劣自不可掩。』

又曰：『稼軒詞胸有萬卷，筆無點塵，激昂排宕，不可一世。今人未有稼軒一字，輒紛紛爲異同之論，宋玉罪人，可勝三歎！』

又曰：『長調之難於小調者，難於語氣貫串，不冗不複，徘徊宛轉，自然成文。今人作詞中，小調獨多，長調寥寥不概見；當由寄興所成，非專詣耳。唯龔中丞芊綿溫麗，無美不臻，直奪宋人之席；熊侍郎之清綺；吳祭酒之高曠；曹學士之恬雅；皆卓然名家，照耀一代。長調之妙，斯歎觀止矣。』

鄒程村曰：『詞品云：「塡詞於文爲末，而非自選詩樂府來，不能入妙；李易安詞「清露晨流，新桐初引」乃全用世說語。」愚按詞至稼軒，經史百家，行間筆下，驅斥如意；近則婁東善用南北史，江左風流，惟有安石詞家妙境，重見桃源矣。』

王阮亭曰：『花間字法最著意設色異紋細豔，非後人纂組所及；如「淚沾紅袖黦，」「猶結同心苣，」「荳蔻花間趖晚日，」「畫梁塵黦，」「洞庭波浪颭晴天，」山谷所謂古蕃錦，其殆是耶？』

又曰：『溫李齊名，然溫實不及李李不作詞，而溫爲花閒鼻祖，豈亦同能不如獨勝之意耶？古人學書不勝，去而學畫；學畫不勝，去而學塑其善於用長如此。』

又曰：『或問花閒之妙？曰「蹙金結繡而無痕跡。」問草堂之妙？曰「采采流水，蓬蓬遠春。」』

又曰：『「載不動許多愁；」與「載取暮愁歸去；」「只載一船離恨向西州；」正可互觀。「八槳別離船駕起一天煩惱」不免徑露矣。「東風無氣力」五字妖甚如「落花無可飛」便不佳。』

又曰：『宋南渡後，梅溪、白石、竹屋、夢窗諸子，極妍盡態，反有秦李未到者；雖神韻天然處或減，要自令人有觀止之歎。正如唐絕句，至晚唐劉賓客、杜京兆妙處，反進青蓮、龍標一塵。』

又曰：『雲間數公，論詩持格律，崇神韻；然拘於方幅，泥於時代，不免爲識者所少。其於詞亦不欲涉南宋一筆，佳處在此，短處亦在此。合肥乃備極才情，變化不測，婁東驅使南北史，瀾翻泉湧，妥貼流麗，正是公歌行本色；要是獨絕，不似流輩撏撦稼軒，如宋初伶人謔館職也。友人中陳其年工哀豔之辭，彭金粟擅清華之體，董文友善寫閨襜之致，鄒程村獨標廣大之稱，僕所云近愧眞長矣。』

梨莊曰：『辛稼軒當弱宋末造，負管樂之才，不能盡展其用，一腔忠憤，無處發洩，觀其與陳同父抵掌談論，是何等人物。故其悲歌慷慨，抑鬱無聊之氣，一寄之於詞；今乃欲與搔頭傅粉者比，是豈知稼軒者。王阮亭謂石勒云：「大丈夫磊磊落落，終不學曹孟德司馬仲達狐媚」，稼軒詞當作如是觀。予謂有稼軒之心胸，始可爲稼軒之詞。今粗淺之輩，一切鄉語猥談，信筆塗抹，自負吾稼軒也，豈不令人齒冷！』

又曰：『徐巨源云：「古詩者風之遺，樂府者雅之遺；蘇李變而爲黃初，建安變而爲選體；流至齊梁排律，及唐之近體，而古詩遂亡。樂府變爲吳趨越豔，雜以捉搦、企喻、子夜、讀曲之屬，以下逮於詞焉；而樂府亦衰。然子夜、懊儂善言情者也；唐人小令，尙得其意；則詩餘之作，不謂之直接古樂府不可。」予謂亘源之論詞之源於樂府是矣；獨所言子夜、懊儂善言情者也；唐人小令尙得其意；是詞貴於言情矣。予意所謂情者，人之性情也；上自三百篇以及漢、魏、三唐樂府詩歌，無非發自性情。故魯不可同於衞，卿大夫之作不能同於閭巷歌謠；卽陶謝揚鑣，李、杜分軌，各隨其性情之所在；古無無性情之詩詞，亦無舍性情之外別有可爲詩詞者。若舍己之性情，強而從人，則今日餖飣之學，所謂優孟衣冠，何情之有？唐人小令，善於言情；然亦不爲懊儂、子夜之情。太白菩薩蠻爲千古詞調之祖，又何嘗不言情，又何嘗以懊儂、子夜爲情乎？予故言凡詞無非言情，卽輕豔悲壯，各成其是，總不離吾之性情所在耳。』

又曰：『宋人詞調，確自樂府中來；時代既異，聲調遂殊，然源流未始不同，亦各就其情之所近取法之耳。周柳之纖麗，子夜、懊儂之遺也；歐蘇純正，非君馬黃、出東門之類歟？放而爲稼軒、後邨，悲歌慷慨，傍若無人；則漢帝大風之歌，魏武對酒之什也。究其所以，何常不言情，亦各自道其情耳』

沈去矜曰：『小令中調有排蕩之勢者，吳彥高之「南朝千古傷心事，」范希文之「塞下秋來風景異」是也。長調極狎昵之情者周美成之「衣染鶯黃，」柳耆卿之「晚晴初」是也。於此足悟偷聲變律之妙。』

又曰：『稼軒詞以激揚奮厲爲工，至「寶釵分桃葉渡」一曲，昵狎溫柔，魂銷意盡，才人伎倆，眞不可測。』

又曰：『男中李後主，女中李易安，極是當行本色。秦少游「一向沈吟久，」大類山谷歸田樂引，鏟盡浮詞，直抒本色，而淺人常以雕繪傲之。此等詞極難作，然亦不可多作。』

又曰：『徐師川「門外重重疊疊山，遮不斷愁來路；」歐陽永叔「强將離恨倚江樓，江水不能流恨去；」古人語不相襲，又能各見所長。』

毛稚黃曰：『東坡大江東去詞「故壘西邊人道是三國周郎赤壁；」論調則當於「是」字讀斷，論意則當於「邊」字讀斷；「小喬初嫁了雄姿英發」論調則「了」字當屬下句，論意則了字當屬上句；「多情應笑我早生華髮」「我」字亦然。又水龍吟「細看來不是楊花點點是離人淚；」謂則當是「點」字斷句，意則當是「花」字斷句。文自爲文，歌自爲歌；然歌不礙文，文不礙歌，是坡公雄才自放處。他家間亦有之，亦詞家一法。』

又曰：『周淸眞少年遊題云冬景，卻似飮妓館之作，只起句「幷刀似水」四字，若掩卻下文，不知何爲陡著此語！「吳鹽」「新橙」，寫境淸別；「錦幄」數語，似爲上下太淡宕，故著濃耳。後闋絕不作了語，只以「低聲問」三字，貫徹到底，蘊藉嫋娜，無限情景，都自「纖手破橙」人口中說出，更不必別著一語。意思幽微，篇章奇妙，眞神品也。』

又曰：『淸眞「衣染鶯黃」詞，忽而歡笑，忽而悲泣，如同枕席，又在天畔，眞所謂不可解，不必解者。此等最是難作，作亦最難得佳。「夜漸深籠燈就月，仔細端相，」義仍之「就月籠燈衫袖張」出此。』

徐釚詞苑叢談曰：『蘇東坡「大江東去」有銅將軍鐵綽板之譏；柳七「曉風殘月」謂可令十七八女郎按紅牙檀板歌之，此袁綯語也。後人遂奉爲美談。然僕謂東坡詞自有橫槊氣概，固是英雄本色；柳纖豔處亦麗以淨耳。況「楊柳外」句，又本魏承班漁歌子「窗外曉鶯殘月，」只改二字增一字，焉得獨擅千古？今取二詞，並誌於後：』

大江東去，浪淘盡千古風流人物。故壘西邊，人道是三國周郎赤壁。亂石穿雲，驚濤拍岸，捲起千堆雪；江山如畫，一時多少豪傑。　遙想公瑾當年，小喬初嫁了，雄姿英發，羽扇綸巾，談笑處檣櫓灰飛煙滅。故國神遊，多情應笑我早生華髮。人生如夢，一樽還酹江月。（念奴嬌　赤壁懷古）

寒蟬淒切，對長亭晚，驟雨初歇。都門帳飲無緒；方留戀處，蘭舟催發。執手相看淚眼，竟無語凝咽。念去去千里煙波，暮靄沈沈楚天闊。　多情自古傷離別，更那堪冷落清秋節。今宵酒醒何處？楊柳外曉風殘月。此去經年，應是良辰好景虛設；便縱有千種風流，待與何人說？（雨淋鈴　秋別）

又曰：『長詞推秦、柳、周、康為協律。然康惟滿庭芳冬景一詞，可稱禁臠；餘多應酬鋪敘，非芳旨也。周清真雖未高出，大致勻淨，有柳欹花嚲之致，沁入肌骨，視淮海不徒娣姒而已。弇州謂其能入麗字，不能入雅字，誠確；謂能作景語，不能作情語，則不盡然。但平生景勝處為多耳。要此數家正是王石廚中物，若求王武子琉璃匕內豚味，吾必謂當求之陸放翁、史邦卿、方千里、洪叔興諸家。』

又曰：『從來佳處不傳，不但隱淪之士，名人猶抱此恨。周清真人所共稱，然如「乳鴨池塘水暖，風緊柳花迎面。午粧粉指印窗眼，曲理長眉翠淺。　聞知社日停針線，探新燕，寶釵落枕夢魂迷，簾影參差滿院。」

草堂所收周詞，不及此者多矣。』

詞苑叢談又曰：『王阮亭和漱玉詞，有「郎似桐花妾似桐花鳳」之句，長安盛稱之，遂號爲王桐花。幾令鄭鷓鴣不能專美。其詞云：

『涼夜沈沈花漏凍，攲枕無眠，漸聽荒雞動。此際閒愁郎不共，月移窗罅春寒重。　憶共錦裯無半縫，郎似桐花，妾似桐花鳳。往事迢迢徒入夢，銀箏斷絕連珠弄。』

又曰：『阮亭嘗戲謂彭十是豔情當家，駿孫輒怫然不受。一日彭賦風中柳離別詞云：

槐樹陰濃，小院晚涼時節，別離可奈腸如結。歌喉輕轉，聽唱陽關徹。情眽眽幾回嗚咽。　細語叮嚀，且自稍停這歇。燈火高城更未絕，殘粧重整，送向門前別。拌今宵爲伊啼血。

阮亭見之謂曰：「試以此舉似他人，得不云吾從衆耶？」彭一笑謝之。』

又曰：『吳祭酒梅村撰秣陵春、通天臺雜劇，直奪湯臨川之座；中有菩薩蠻一調雕豔似温尉。詞云：

謝家池館桐花鬢，畫屏屈曲翹紅袖；欲翦鳳凰衫，青蟲搖羽簪。 一枝雙荳蔻，淺立東風瘦；春思，遠於山眉痕凡幾彎。

又曰：『金粟顧梁汾舍人，風神俊朗，大似過江人物。無錫嚴蓀友詩，「曈曨曉日鳳城開，纔是仙郎下直回；絳蠟未消封詔罷，滿身淸露落宮槐。」其標格如許。晝側帽投壺圖，長白成容若題賀新涼一闋於上云：

德也狂生耳，偶然間緇塵京國，烏衣門第。有酒惟澆趙州土，誰會成生此意。不信道遂成知己，青眼高歌俱未老，向樽前拭盡英雄淚。君不見，月如水？ 共君此夜須沈醉，且由他蛾眉謠諑，古今同忌。身世悠悠何足問，冷笑置之而已。尋思起從頭翻悔，一日心期千劫在，後身緣恐結他生裏。然諾重，君須記！

詞旨嶔崎磊落，不啻坡老、稼軒，都下競相傳寫，於是教坊歌曲間，無不知有側帽詞者。』

又曰：『側帽詞西郊馮氏園看海棠浣溪沙云：

誰道飄零不可憐，舊遊時節好花天，斷腸人去自今年。 一片暈紅疑著雨，晚風吹掠鬢雲偏，倩魂銷盡夕陽前。

蓋憶香嚴詞有感作也。王儼齋以爲柔情一縷，能令九轉腸迴；雖山抹微雲君，不能道也。』

周保緒曰：『自溫庭筠、韋莊、歐陽修、秦觀、周邦彥、周密、吳文英、王沂孫、張炎之流，莫不蘊藉深厚，而才豔思力，各騁一途，以極其致。譬如匡廬、衡嶽，殊體而並勝，南威、西施，別態而同妍矣。』

又曰：『北宋有無謂之詞以應歌，南宋有無謂之詞以應社。然美成蘭陵王，東坡賀新涼，當筵命筆，冠絕一時。碧山齊天樂之詠蟬，玉潛水龍吟之詠白蓮，又豈非社中作乎？故知雷雨鬱蒸，是生芝菌；荆榛蔽芾，亦產蕙蘭。』

又曰：『近人頗知北宋之妙，然終不免有姜、張二字，橫亙胸中；豈知姜、張在南宋亦非巨擘乎？論詞之人，叔夏晚出，既與碧山同時，又與夢窗別派；是以過尊白石，但主清空。後人不能細研詞中曲折深淺之致，故羣聚而和之，幷爲一談，亦固其所也。』

又曰：『皋文云：飛卿之詞，深美閎約，信然。飛卿醞釀最深，故其言不怒不懾，備剛柔之氣，鍼縷之密，南宋人始露痕迹，花間極有渾厚氣象，如飛卿則神理超越，不復可以迹象求矣。然細繹之，正字字有脈絡；端己詞清豔絕倫，「初日芙蓉春月柳，」使人想見風度。』

又曰：『耆卿鋪敘委婉，言近意遠，森秀幽淡之趣在骨；使能珍重下筆，則北宋高手也。』

又曰：『美成思力獨絕千古，讀得清眞詞多，覺他人所作，都不十分經意。鉤勒之妙，無如清眞，他人一鉤勒便薄，清眞愈鉤勒愈渾厚。梅溪甚有心思，而用筆多涉尖巧，非大方家數，所謂一鉤勒卽薄者。』

又曰：『良卿曰：「尹惟曉前有清眞，後有夢窗之說，可謂知言。」夢窗每於空際轉身，非具大神力不能。夢窗非無生澀處，總勝空滑；況其佳者，天光雲影，搖蕩綠波，撫玩無斁，追尋已遠。』

又曰：『人賞東坡麤豪，吾賞東坡韶秀；韶秀是東坡佳處，麤豪則病也。稼軒不平之鳴，隨處輒發；有英雄語，有學問語，故往往鋒穎太露。然其才情富豔，思力果銳，南北兩朝，實無其匹。世以蘇辛並稱，蘇之自在處，辛偶能到之；辛之當行處，蘇必不能到。』

又曰：『北宋詞多就景敘情，故珠圓玉潤，四照玲瓏。至稼軒白石，一變而爲即事敘景；使深者反淺，曲者反道。吾十年來服膺白石，而以稼軒爲外道；由今思之，可謂瞽人捫籥也。

稼軒鬱勃故情深，白石放曠故情淺；稼軒縱橫故才大，白石局促故才小。惟暗香、疏影二詞，寄意題外，包蘊無窮，可與稼軒伯仲；餘俱據事直書，不過手意近辣耳。』

又曰：『白石詞如明七子詩，看是高格響調，不耐人細思。白石以詩法入詞，門徑淺狹，如孫過庭書，但便後人模倣。』

又曰：『公謹敲金戛玉，嚼雪盥花，新妙無與爲匹。』

又曰：『玉田近人所最尊奉，才情詣力，亦不後諸人；終覺積穀作米，把纜放船，無開闊手段；然其清絕處，自不易到。玉田詞佳者匹敵聖與，往往有似是而非處，不可不知。』

又曰：『叔夏所以不及前人處，只在字句上著工夫，不肯換意。若其用意佳者，卽字字珠輝玉映，不可指摘。近人喜學玉田，亦爲修飾字句易，換意難。』保緒詞辨，評論前古諸家得失，詞約而意頗精核，故擇錄之。

第四節　詞韻（曲韻附見）

自沈約以來，韻分四聲；雖部有分合，而平上去入，更無異論。古來詩人分韻，時以意出入，故說者謂沈韻未嘗通行，即其由二百六部，變爲一百六部者，亦未必盡通行也。要之律詩出韻較少，古體即不盡合繩墨。至於詞本樂府之餘，當時但求協歌，宜無取復爲韻本所縛。其若有軌律存焉者，則惟從其時聲音之變以自爲協耳。元周德清中原音韻，作北曲者用之。以入聲配入平、上、去三聲；蓋中原音本無入聲，則地之有異，而非盡韻之不同也。南曲即有四聲及清初沈去矜始特作詞韻；雖亦遵據舊本，而考證較悉。毛稚黃以下，又從而論之；至是詞韻亦多有可依。今先舉沈韻之略，而稍附諸家說於後。

沈氏詞韻略 沈謙去矜著毛先舒稚黃括略并註

東董韻平上去三聲

先舒按塡詞之韻大略平聲獨押上去通押然間有三聲通押者如西江月少年心之類故沈氏於每部韻俱總統三聲而中又明分平仄凡十四部至於入聲無與平上去通押之法故後又別爲五部云又按唐人作詞多從詩韻宋詞亦有謹守詩韻不旁通者蓋用韻自惡流濫不嫌謹嚴也

[平]一東二冬通用。東冬即今詩韻後俱倣此[仄](上)一董二腫(去)一送二宋通用。

江講韻平上去三聲

[平]三江七陽通用。[仄](上)三講二十二養(去)三絳二十三漾通用。

支紙韻平上去三聲

〔平〕四支五微八齊十灰半通用。十灰半如回梅催杯之類〔仄〕（上）四紙五尾八薺十賄半（去）四寘五味八霽九泰半十隊半通用。十賄半如悔蕾腿餒之類九泰半如沛會最沫之類十隊半如妹碎廢吠之類

魚語韻平上去三聲

〔平〕六魚七　通用。〔仄〕（上）六語七麌（去）六御七遇通用。

街蟹韻平上去三聲街屬九佳因佳字入麻故用街字作領韻而括略仍稱九佳半者本其舊也

〔平〕九佳半十灰半通用。九佳半如鞋牌乖懷之類十灰半如開才來猜之類〔仄〕（上）九蟹半十賄半（去）九泰半十隊半通用。九蟹半如買駭之類十賄半如海宰改采之類九泰半如奈蔡賣怪之類十隊半如代再賽在之類

眞軫韻平上去三聲

〔平〕十一眞十二文十三元半通用。十三元半如魂昆門尊之類〔仄〕（上）十一軫十二吻十三阮半（去）十一震十二問十三願半通用。十三阮半如村本損狠之類十三願半如頓遜嫩恨之類

元阮韻平上去三聲

〔平〕十三元半十四寒十五删一先通用。十三元半如袁煩暄鴛之類〔仄〕（上）十三阮半十

四旱十五潸十六銑（去）十三願半十四翰十五諫十六霰通用。十三阮半如遠蹇晚反之類十四願半如怨販飯建之類

蕭篠韻平上去三聲

〔平〕二蕭三肴四豪通用。〔仄〕（上）十七篠十八巧十九晧（去）十七嘯十八效十九號通用。

歌哿韻平上去三聲

〔平〕五歌獨用。〔仄〕（上）九蟹半二十哿（去）二十箇通用。九蟹半如夥之類

佳馬韻平上去三聲

〔平〕九佳半六麻通用。九佳半如媧蛙查叉之類〔仄〕（上）九蟹半二十一馬（去）九泰半二十一禡通用。九蟹半如罷之類九泰半如卦話之類

庚梗韻平上去三聲

〔平〕八庚九青十蒸通用。〔仄〕（上）二十三梗二十四迥二十五拯（去）二十三映二十四徑二十五證通用。

尤有韻平上去三聲

〔平〕十一尤獨用。〔仄〕（上）二十六有（去）二十六宥通用。

侵寢韻平上去三聲

〔平〕十二侵獨用。〔仄〕（上）二十七寢（去）二十七沁通用。

覃感韻平上去三聲

〔平〕十三覃十四鹽十五咸通用。〔仄〕（上）二十八感二十九琰三十豏（去）二十八勘二十九豔三十陷通用。

屋沃韻入聲

〔仄〕一屋二沃通用。

覺藥韻入聲

〔仄〕三覺十藥通用。

質陌韻入聲

〔仄〕四質十一陌十二錫十三職十四緝通用。

物月韻入聲

〔八〕五物六月七曷八黠九屑十六葉通用。

合洽韻入聲

〔八〕十五合十七洽通用。

先舒按此本是括略未暇條悉然作者先具詩韻而用此、按之亦可以無謬矣沈氏著此譜取證古詞考據甚博然詳而反約唯以名手雅篇灼然無弊者爲準至于濫通取便者古來自多不爲訓也

毛稚黃先舒曰：『去矜手輯詞韻一篇，旁羅曲證，尤極精確。謂近古無詞韻，周德清所編曲韻也；故以入聲作平上去者，約什二三；而「支」「思」單用，唐宋諸詞家槩無是例。謝天瑞暨胡文煥所錄韻，雖稍取正韻附益之，而終乖古奏。索宋元舊本，又渺不可得，於是博考舊詞，裁成獨斷，使古近臚列，作者知趨，衆著爲令，且同畫一焉。』

又曰：『予讀有宋諸公作，雖雅號名家，篇盈什百，若秦觀秋閨「幔」「暗」累押；仲淹懷舊「外」「淚」莫辨；邦彥美人「心」「雲」並陳；少隱禁煙「南」「天」雜押；棄疾諸作，「歌」「麻」通用；李景春恨詞本「支」「紙」韻，而中闌入「來」字；其他

固未易闖數，故知當時便已縱逸，徒以世無通韻之人，故傳譌迄今，莫能彈射；而譾才劣手，苦於按譜，更利其疎漏，借以自文，其爲流禍，可勝道哉！則去矜此書，不徒開絕學於將來，且上訂數百年之謬矣。然卒讀之際，亦閒有牴牾，予爲附註數條，比於賈孔疏經之例焉。』

毛稚黃詞韻說云：『去矜詞韻例，取范希文蘇幕遮詞「地」「外」二字相叶，又取蔣勝欲探春令詞「處」「翅」「住」「指」四字相叶，疑於「支紙」「魚語」「佳蟹」三部韻可以互通。先舒按宋詞此類，僅見數首，如辛棄疾南歌子新開河詞，本「佳蟹」韻，而起韻用「時」字；歐陽修踏莎行離別詞，本「支紙」韻，而末韻用「外」字，姜夔疎影咏梅詞，本「屋沃」韻，而中用「北」字，柳耆卿送征衣詞，本「江講」韻，而末用「遙」字，當是古人誤處，未宜遽用爲例。又如棄疾滿江紅咏春晚詞，「十七篠」與「二十六有」合用，此獨毛詩有其法，如陳風月出「皎皓」「糾、懰、受」相叶，豳風「四之日其蚤」「獻羔祭韭」之類，及他書僅見數條，然止數字，未必全韻俱通也。又在騷賦則宜施之塡詞，尤屬創異。蓋宋詞多有越韻者，至南渡尤甚；此如李杜諸詩，閒有雜韻；晚唐律體，首句出韻，古人際法護前，類復爾爾，未足遽以爲式也。』

又云：『沈氏詞韻按云：古詩韻「五歌」可以通「六麻，」「十一尤」可以通「六魚」「七虞，」於塡詞則未嘗見，豈敢泥古而誤今耶？若夫「十二侵」之通「眞、文、庚、靑、蒸，」則詩詞並見合併，故從之。又引古樂府嬌女詩：「北遊臨河海，遙望中菰菱，芙蓉發盛華，淥水淸且澄。絃歌奏音節，髣髴有餘音。」及毛澤民于飛樂詞「雲、驚、瓶、心、膺」相叶作據。先舒按「歌麻」二韻「魚、虞、尤」三韻，古詩騷樂府俱通，而相合，如陌上桑、張華輕薄篇，尤爲可徵。至「侵」韻單用，在古亦嚴；即毛詩楚辭，止數字叶入。如綠衣、鐘鼓之末章，涉江「款秋冬之緒風，邸余車兮方林」之類。而「眞」「文」合韻，「庚」「靑」合韻，漢魏以來自多。「十蒸」閒通「庚」「靑，」自晉後亦頗單叶。尤可異者，此韻校「庚」「靑」聲吻亦不甚差別；六經中若螽斯、天保、無羊、繁霜等章，以及易「升其高陵，三歲不興，」記「從善如登，從惡如崩，」皆暗同沈韻，一字不譌，足徵此韻在古嚴甚，通入者不過數字耳；槩之他字，未必盡通。大略古詩辭「眞」「文」自爲一韻，「庚」「靑」自爲一韻，「侵」自爲一韻，「蒸」則自爲一韻，而稍離合於「庚」「靑」之閒。今詞韻以「蒸」合「庚」「靑，」又以「歌」「麻」互通，「魚」「虞」尤互通，正可施於古詩而不可施於塡詞，其說當已至於「侵」與「眞、文、庚、青、蒸」諸韻，不但古當愼之，塡詞亦未宜遽通也。又「眞」「文」之於「庚、青、蒸」，宋代名手作詞，亦多區別。去矜云云，此但舉一隅，未爲通訓，予故備論其全云。』

又云：『古韻之差等有三，今韻之差等有四，古韻自上世以及先秦，其韻最疎而最純，此一等也。漢魏用韻稍密而駁，此一等也。晉、宋、齊、梁之閒，韻益密而亦漸雜，此一等也。是古韻之差等三也。自唐而下，則一百六韻之較然，此一等也。宋人塡詞韻漸疎而駁，此一等也。元北曲韻密矣，而實偏，故四聲不備，此一等也。明南曲韻雅駁閒出，而略在宋詞元曲之間，有如四聲咸備，此宋韻也；如韻有「車遮」，此元韻也；此一等也。所謂今韻之差等四也。』

又云：『古韻之差等，殆不可分；故柴紹炳渾一之爲柴氏韻通。近體韻則梁有沈韻，唐有唐韻，宋有中州音韻，塡詞則有沈氏詞韻，北曲則元有中原音韻（周德清作），明有洪武正韻，（宋濂諸臣撰）先舒謹原洪武正韻而撰南曲正韻，明吳人范善溱又撰中州全韻，臞仙撰瓊林雅韻。然梁沈韻，宋中州音韻，明洪武正韻，中州全韻、瓊林雅韻，世有其書，而詩詞曲諸家多不承用。』

鄒程村詞韻衷云:『阮亭嘗與予論韻,謂周挺齋中原音韻爲曲韻,則范善溱中州全韻,當爲詞韻。至洪武正韻斟酌諸書而成;其於詩韻,有獨用併爲通用者,東冬淸青之屬有一韻拆爲二韻者:虞模麻遮之屬如「冬」「鐘」併入「東」韻,「江」併入「陽」韻,挑出「元」字等入「先」韻,「翻」字「殘」字等入「刪」韻,俱於宋詞暗合,塡詞者所當援據。議極簡核。但愚按中州之比中原,止省陰陽之別,及所收字微寬耳。其減入聲作三聲,及分「車遮」等韻,則一本中原,尙與詞韻有別。卽阮亭舊作如南鄉子、卜算子、念奴嬌、賀新郎諸闋,所用「魚模」仄韻,有將入聲轉叶者,俱用中州韻故耳。揆諸宋人韻腳所拘,借用一二,亦轉本音,竟爾通叶,昔人少覯。至毛氏南曲韻十九則乃全依正韻分部;而又云沈氏詞韻,中原音韻,可以參用。大約詞韻寬於詩韻,合諸書參伍以盡變,則瞭如指掌矣。』

沈天羽云:『曲韻近於詞韻,而「支」「紙」「寘」上下分作「支思」「齊微」兩韻;「麻」「馬」「禡」上下分作「家麻」「車遮」兩韻;及減去入聲,故曲韻不可爲詞韻。胡文煥詞韻,三聲用曲韻而入聲用詞韻,居然大盲;將詞韻不亡於無而亡於有,深可嘆也。今有去矜詞韻,考據該洽,部分秩如,可爲塡詞之指南。但內中如「支紙」「佳蟹」

二部，與周韻「齊微」「皆來」近；「元阮」一部，與周韻「寒山」「桓歡」「先天」殊。周韻平上去聲十九部，而沈韻平、上去聲止十四部，故通用處較寬。然「四支」竟全通「十灰」半，「元」「寒」「刪」「先」全通用，雖宋詞蘇柳閒然，畢竟稍濫，不如周韻之有別。且上去二聲，宋詞上如「紙」「尾」「語」「御」「薺」，去如「寘」「未」「遇」「御」「霽」多有通用，近詞亦然。而平韻如「支」「微」「魚」「虞」「齊」則斷無合理，似又未能槩以平貫去入。蓋詞韻本無蕭畫，作者遽難曹隨，分合之間，辨極銖黍，茍能多引古籍，參以神明，源流自見。』

毛氏唐詞通韻說云：『唐詞多守詩韻，然亦有通別韻用之略如宋詞韻者；偶覩數闋，漫記之以備考證。「東」「冬」通用，溫庭筠定西番云：「一枝春豔濃，樓上月明三五瑣窗中。」按此詞則上之「董」「腫」通用，去之「送」「宋」通用，俱可類推；他韻上、去例亦倣此。』

「支」「微」「齊」及「十灰」前段通用，白樂天長相思云：「深畫眉，淺畫眉，蟬鬢鬅鬙雲滿衣，陽臺行雨迴。巫山高，巫山低，暮雨瀟瀟郎不歸，空房獨守時。」

「眞」「文」及「十三元」後段通用：韋莊小重山云：「一閉昭陽春又春，夜寒宮漏永；夢君恩。」又溫庭筠淸平樂云：「鳳幃鴛被徒燻，寂寞花鎖千門，競把長門買賦，爲妾將上明君。」

「寒」「刪」通用：顧敻虞美人云：「小屛屈曲掩靑山，翠幃香粉玉鑪寒；兩眉攢。」又按「十三元」後段既通入「眞」「文」，則前段應與此韻通用。

「庚」「靑」通用：李白菩薩蠻云：「何處是歸程？長亭更短亭。」

「覃」「咸」通用：薛昭蘊女冠子云：「去住島經三，正遇劉郎使，啓瑤緘。」

「語」「麌」通用：牛嶠玉樓春云：「小玉窗前嗔燕語，紅淚滴穿金線縷。」按此詞則魚虞通用，可類推也。

「篠」「皓」通用：牛希濟生查子云：「語已多，情未了，迴首猶重道；記得綠羅裙，處處憐芳草。」又尹鶚滿宮花云：「月沈沈，人悄悄，一炷後庭香裊。風流帝子不歸來，滿地禁花慵掃。離恨多，相見少，何處醉迷三島？漏淸宮樹子規啼，愁鎖碧窗春曉。」按此二詞，則「蕭」「豪」通用，可類推也。

毛氏唐宋詞韻互通說云『唐白樂天長相思云「深畫眉，淺畫眉，蟬鬢鬅鬙雲滿衣，陽臺行雨迴。」「支」與「微」與「十灰」半通用，是宋詞韻也。宋秦太虛千秋歲用「隊」韻，辛稼軒沁園春用「灰」韻，皆渾用唐韻。由是觀之，唐詞亦可用宋韻，宋詞亦可用唐韻，自不必過判區畛耳。』

徐釚詞苑叢談曰『宋人詞韻有通用至數韻者，有忽然出一韻者，有數人如一轍者，有一首而僅見者，後人不察，利爲輕便，一韻偶侵，遂延他部，數字相引，竟及全文，此毛氏一人通譜全族通譜之喻爲不易也。學者但遵成法，幷舉習見者爲繩尺，自鮮蹉跌。』

又曰：『宋詞多上、去通用，其來已久。考樂府雜錄云：「平聲羽七調，上聲角七調，去聲宮七調，入聲商七調。」又元和韻譜云：「平聲者哀而安，上聲者厲而舉，去聲者淸而遠，入聲者直而促。」則昔人歌筵舞袖間，何以使紅牙畢協，其理固不可解。』

又曰『入聲最難分別，卽宋人亦錯綜不齊；沈氏詞韻當已近，柴虎臣古韻則「一屋」「二沃」通，而「三覺」半通；（三覺半如獄濁角數之類）「四質」「五物」通，而「九屑」半通；（九屑半如鼈拙譎結之類）「六月」「七曷」「八黠」「九屑」通，「十藥」「十一陌」通，而「三覺」半通；三覺半如罌濯邈朔之類「十二錫」「十三職」通，而「十一陌」半通；十一陌半如檘革易麥之類「十四緝」獨用；「十五合」「十六葉」「十七洽」通。毛稚黃曲韻，則準洪武正韻而「一屋」單用，「二質」「七陌」「八緝」通用，「三曷」「六藥」通用，「四轄」「九合」通用，「五屑」「十藥」通用，又「屑」「葉」可單用，因南曲入聲單押而設也；與詞韻俱可參證。』

又曰：『沈休文四聲韻中，如「朋」與「蒸」，「靴」與「戈」，「車」與「麻」，「打」與「等」，「卦畫」與「怪壞」之類，挺齋、升菴俱駁爲缺舌。而宋詞中至張仲宗呼「否」爲「府」以叶「主舞」，林外呼「瑣」爲「掃」以叶「老」，俞克成呼「我」爲「襖」以叶「好」，詞品皆指爲閩音，其語甚當。而毛稚黃謂沈韻本屬同文，非江淮閒偏音，挺齋詆之謬已。蓋自三百篇楚詞以迄南曲，一系相承，俱屬爲韻統；而北曲偏音，四聲不備，爲別統。故金元人作詩，亦用沈韻。作詞亦不專用周韻，從無以入聲分叶平、上、去者，又安得以曲韻廢詞韻，且上格詩韻乎？』

又曰：『沈約之韻，未必自合聲律，而今人守之如金科玉律，此無他，今之詩學李杜，李杜學六朝，往往用沈韻，故相襲不能革也。若作塡詞，自可變通，如「朋」與「烝」同押「打」與「等」同押，「卦」字「畫」字與「怪、壞」同押，乃是缺舌之病，豈可以爲法耶？元人周德淸著中原音韻，一以中原之韻爲正，偉矣。然予觀宋人塡詞，亦已有開先者，蓋眞見在人心，不約而同耳。試舉數詞於右：東坡一斛珠云：

洛城春晚，垂楊亂掩紅樓半。小池輕浪紋如篆，燭下花前，曾醉離歌宴。　自惜風流雲雨散，關山有限情無限。待君重見尋芳伴，爲說相思，目斷西樓燕。

「篆」字沈約在上韻，本屬鴂舌，坡特正之也。蔣捷元夕女冠子云：

蕙花香也，雪晴池館如畫。春風飛到，寶釵樓上，一片笙簫，琉璃光射。而今燈謾挂，不是暗塵明月，那時元夜。況年來心嬾意怯，羞與鬧蛾爭要。　江城人悄初更打，問繁華誰解，再向天公借？剔殘紅灺，但夢裏隱隱，鈿車羅帕。吳牋銀粉砑，待把舊家風景，寫成閒話。笑綠鬟鄰女，倚窗猶唱，夕陽西下。

是駁正沈韻「畫」及「挂、話」及「打」字之謬也。呂聖求惜分釵云：

重簾下，微燈挂，背闌同說春風話。

用韻亦與蔣捷同意。晁叔膺感皇恩云：

寒食不多時，牡丹初賣。小院重簾燕飛礙，昨宵風雨，尚有一分春在，今朝猶自得陰晴快。　熱睡起來，宿醒微帶，不惜羅襟搵眉黛。日常梳洗，看看花影移改；笑拈雙杏子連枝戴。

此詞連用數韻，酌古斟今尤妙。明初高季迪石州慢云：

落了辛夷，風雨頓催，庭院瀟灑。春來長恁，樂章懶按，酒籌慵把。辭鶯謝燕，十年夢斷青樓，情隨柳絮猶縈惹。難覓舊知音，把琴心重寫。　天冶，憶曾攜手，鬭草闌邊，買花簾下，看轆轤低轉，秋千高打。如今何處？縱有團扇輕衫，與誰共走章臺馬？回首暮山青，又離愁來也。

諸公數詞，可為用韻之式，不獨綺語之工而已。』

第二章　塡詞實用格式

第一節　小令

近日通行詞譜之書，其詳者，如萬樹之詞律，査繼超之塡詞圖譜；其最簡者，如舒夢蘭之白香詞譜；皆各有所短長。萬氏所收至廣，附列考證，詳註平仄，其精遠勝昔日嘯餘諸譜；然取材太繁，難爲學者實用之式。他譜或視萬氏爲有要，而踳駁互見。白香譜僅有百調，然是以詞之工拙爲本，於平仄處但加圈識，刻本不無舛誤，且無有考證；近雖有爲之箋釋者，亦但注重詞人本事，而未及句律之法度也。故詞譜簡當適用者少。今別選古詞爲格式，分爲「小令」「中調」「長調，」（古本以樂調分類，今詞既並不可歌，但列記其譜不誤而已）詳記其字數、用韻及句中可平可仄者，兼附異名；其同名而字數長短不同，有數體者，止錄後人效法稍多者一體。極知武斷陋略，然爲初學實用之格式，不得不如此也。若夫博考異同，則自有諸家之譜在。茲先錄小令格式於此：

小令格式（字旁有△者此字示可平可仄）

十六字令　十六字四句三韻又名蒼梧謠首一字斷句或作三字斷句者誤　蔡伸

天，韻 休使圓蟾照客眠！叶 人何在？韻 桂影自嬋娟。叶

南歌子　二十三字五句三韻歌一作柯有四體錄一體　温庭筠

轉盼如波眼，娉婷似柳腰，韻 花裏暗相招。叶 憶君腸欲斷，恨春宵。叶

漁歌子　二十七字五句四韻一名漁父　張志和

西塞山前白鷺飛，韻 桃花流水鱖魚肥。叶 青箬笠，綠蓑衣，叶 斜風細雨不須歸。叶

和凝此調結句用香引芙蓉惹釣絲，平仄不同。志和又一首起二句「松江蟹舍主人歡，菰飯蓴羹亦共餐，」平仄全異。和凝又一首青箬笠句用釣車子，是仄是平，想亦不拘，然自宋以後作者多依西塞一首，故錄以爲式。

憶江南　二十七字五句三韻又名夢江南望江南謝秋娘夢江口望江梅春去也有四體字數不同錄一體　皇甫松

蘭燼落，屏上暗紅蕉。韻 閒夢江南梅熟日，夜船吹笛雨瀟瀟，叶 人語驛邊橋。叶

搗練子　二十七字五句三韻又名深院月　南唐後主

深院靜，小庭空，韻 斷續寒砧斷續風。叶 無奈夜長人不寐，數聲和月到簾櫳。叶

憶王孫　三十一字五句五韻又名豆葉黃闌杆萬里心　李重元

萋萋芳草憶王孫，韻 柳外樓高空斷魂，叶 杜宇聲聲不（作平）忍聞！叶 欲黃昏，叶 雨打梨花深閉門。叶

調笑令　三十二字六句八韻又名宮中調笑轉應曲三臺令有二體　馮延己

明月 韻 明月，疊句 照得離人愁絕，叶 更深影入空牀，換平 不道韓屏夜長，叶平 長夜 換仄 長夜，疊句 夢到庭花陰下。叶

如夢令　三十三字六句五韻又名憶仙姿宴桃源　秦觀

遙夜月明如水，韻 風緊驛亭深閉。叶 夢破鼠窺燈，霜送曉寒侵被。叶 無寐 叶 無寐，疊句 門外馬嘶人起。叶

歸自謠　三十四字前後二段各三句共六韻自一作國謠一作遙有三體　歐陽修

何處笛，韻 深夜夢回情脈脈，叶 竹風簾雨寒窗隔。叶 離人幾歲無消息，叶 今頭白，叶 不眠特地重相憶。叶

相見歡　三十六字前段四句後段五句共五韻又換二韻一名烏夜啼　南唐後主

無言獨上西樓，韻 月如鈎；叶 寂寞梧桐深院，鎖清秋。叶 剪不斷，換仄 理還亂，叶仄 是離愁。

別是一般滋味，在心頭。叶平

長相思 三十六字前後段各四句共八韻亦名雙紅豆有四體　馮延己

紅滿枝，韻 綠滿枝，叶 宿雨厭厭睡起遲，叶 閑庭花影移。叶 憶歸期，叶 數歸期，叶 夢見雖多相見稀，叶 相逢知幾時？叶

醉太平 三十八字前後段各四句共八韻有二體　劉過

情高意眞，韻 眉長鬢青，叶 小樓明月調箏，叶 寫春風數聲。叶 思君憶君，叶 魂牽夢縈；叶 翠綃香暖雲屏，叶 更那堪酒醒。叶

昭君怨 四十字前段四句二仄二平韻後段四句換二仄二平韻又名一痕沙宴西園　万俟雅言

春到南樓雪盡，韻 驚動燈期花信。叶 小雨一番寒，換平 倚闌干。叶平 莫把闌干頻倚，三換仄 一望幾重煙水。叶三仄 何處是京華？四換平 暮雲遮。叶四平

酒泉子 四十字前段五句後段五句二平三仄韻此詞有十餘體字數句法各異今錄一體　毛熙震

閑臥繡幃，韻 慵想萬般情寵；換仄 錦檀偏，翹股重，叶仄 翠雲欹。叶平 暮天屏上春山碧，三換仄 映香煙霧隔。叶三仄 蕙蘭心，魂夢役，叶三仄 斂蛾眉。叶平

生查子　四十字兩段四韻　魏承班

煙雨晚晴天，零落花無語。韻　難話此時情，梁燕雙來去。叶　琴韻對熏風，有限和情撫。叶　腸斷斷絃頻，淚滴黃金縷。叶

點絳脣　四十一字前段四句後段四句共七韻　曾允元

一夜東風，枕邊吹散愁多少？韻　數聲啼鳥，叶　夢轉紗窗曉。叶　來是春初，去是春將老。叶　長亭道，叶　一般芳草，叶　只有歸時好。叶

浣溪沙　四十二字兩段五韻　張曙

枕障熏爐冷繡幃，韻　二年終日苦相思，叶　杏花明月爾應知！叶　天上人間何處去？舊歡新夢覺來時，叶　黃昏微雨畫簾垂。叶

菩薩蠻　四十四字前段四句二仄二平後段四句亦二仄二平共八韻　溫庭筠

小山重疊金明滅，韻　鬢雲欲度香腮雪。叶　懶起畫蛾眉，平換　弄妝梳洗遲。平叶　照花前後鏡，仄三換　花面交相映。仄叶　新貼繡羅襦，平四換　雙雙金鷓鴣。平叶

卜算子　四十四字兩段四韻　蘇軾

缺月挂疎桐，漏斷人初定。韻 時見幽人獨往來，縹緲孤鴻影。叶 驚起卻回頭，有恨無人省。叶 揀盡寒枝不肯棲，寂寞沙洲冷。叶

減字木蘭花

四十四字前段四句二仄二平後段四句又換韻亦二仄二平

呂渭老

雨簾高捲，韻 芳樹陰陰連別館；叶 涼氣侵樓，換平 蕉葉荷枝各自秋。叶平 前溪夜舞，三換仄 化作驚鴻留不住；叶仄 愁損腰肢，換平 一桁香銷舊舞衣。叶平

醜奴兒

四十四字前後段各四句共六韻又名采桑子羅敷豔歌

和凝

蝤蠐領上訶梨子，繡帶雙垂；韻 椒戶閑時，叶 競學摴蒱賭荔枝。叶 叢頭鞵子紅編細，裙窣金絲；叶 無事顰眉，叶 春思翻教阿母疑。叶

訴衷情

四十四字兩段十句六韻此調有數體字數不同今所錄乃宋人最多用者

王益

燒殘絳蠟淚成痕，韻 街鼓報黃昏；叶 碧雲又阻來信，廊上月侵門。叶 愁永夜，拂香裀，叶 待誰溫？叶 夢蘭憔悴，擲果淒涼，兩處銷魂。叶

謁金門

四十五字前後段各四句七韻又名花自落

韋莊

空相憶，韻 無計得傳消息；叶 天上嫦娥人不識，叶 寄書何處覓？叶 新睡覺來無力，叶

不忍看伊書迹。叶 滿院落花春寂寂，叶 斷腸芳草碧。叶

好事近 四十五字前後段各四句共七韻一名釣船笛　蔣子雲

葉暗乳鶯啼，韻 風定老紅猶落。韻 蝴蝶不隨春去，入薰風池閣。叶 休歌金縷勸金卮，酒病煞如昨。叶 簾卷日長人靜，任楊花飄泊。叶

憶秦娥 四十六字前後段各五句共八韻此調始於太白本用仄體已見前章茲錄用平韻者一式　孫夫人

花深深，韻 一鉤羅襪行花陰；叶 行花陰，三疊字 閒將柳帶，試結同心。叶 日邊消息空沈沈，叶 畫眉樓上愁登臨；叶 愁登臨，三疊字 海棠開後，望到如今。叶 此調仍以用仄韻爲正

清平樂 四十六字前後段各四句四仄三平韻一名憶蘿月　李白

禁闈清夜，韻 月探金窗罅；叶 玉帳鴛鴦噴蘭麝，叶 時落銀燈香灺，叶 女伴莫話孤眠，換平 六宮羅綺三千；平叶 一笑皆生百媚，宸游教在誰邊。平叶

更漏子 四十六字前段六句二仄二平韻後段同　溫庭筠

玉闌干，金甃井，韻 月照碧梧桐影。叶 獨自箇，立多時，換平 露華濃溼衣。平叶 一向，三換仄 凝情望，仄叶 待得不成模樣；仄叶 雖叵耐，又尋思，平叶 怎生嗔得伊！平叶

畫堂春 四十七字前後段各四句共七韻　　徐俯

落紅鋪徑水平池，韻 弄晴小雨霏霏；叶 杏花憔悴杜鵑啼，叶 無奈春歸。叶 柳外畫樓獨上，凭闌手撚花枝；叶 放花無語對斜暉，叶 此恨誰知！叶

阮郎歸 四十七字前段四句後段五句共八韻又名醉桃源碧桃春　　吳文英

翠深濃合曉鶯堤，韻 春如日墜西；叶 畫圖新展遠山齊，叶 花深十二梯。叶 風絮晚，醉魂迷，叶 隔城聞馬嘶；叶 落紅微沁繡鴛泥，叶 秋千教放低。叶

攤破浣溪沙 四十八字前後段各四句共五韻又名山花子　　南唐元宗

菡萏香銷翠葉殘，韻 西風愁起綠波間；叶 還與韶光共憔悴，不堪看。叶 細雨夢回雞塞遠，小樓吹徹玉笙寒，叶 多少淚珠何限恨，倚闌干。叶

桃源憶故人 四十八字前後段各四句共八韻又名虞美人影　　王之道

逢人借問春歸處，韻 遙指蕪城煙樹；叶 滴盡柳梢殘雨，叶 月闖西南戶。叶 游絲不解留伊住，叶 漫惹閒愁無數；叶 燕子爲誰來去？叶 似說江南路。叶

眼兒媚 四十八字前後段各五句共五韻又名秋波媚　　王雱

楊柳絲絲弄輕柔，韻煙縷織成愁；叶海棠未雨，梨花先雪，一半春休。叶而今往事難重省，歸夢遶秦樓。叶相思只在丁香枝上，豆蔻梢頭。叶

柳梢青　四十九字前後段各五句共六韻　秦觀

岸草平沙，叶吳王故苑，柳裊煙斜；叶雨後寒輕，風前香細，春在梨花。叶行人一棹天涯，叶酒醒處，殘陽亂鴉；叶門外秋千，牆頭紅粉，深院誰家？叶用仄首句亦有不起韻者

河瀆神　四十九字前段四句後段四句四平四仄韻有二體　孫光憲

江上草芊芊，韻春晚湘妃廟前；叶一方卵色楚南天，叶數行斜雁聯翩。叶獨倚朱闌情不極，仄叶魂斷終朝相憶；仄叶兩槳不知消息，叶遠汀時起鸂鶒。叶

應天長　四十九字前段五句後段四句共九韻　歐陽修

一彎初月臨鸞鏡，韻雲鬢鳳釵慵不整；叶珠簾靜，叶此處亦有用平不叶者重樓迥，叶惆悵落花風不定。叶綠煙低柳徑，叶何處轆轤金井？叶昨夜更闌酒醒，叶春愁勝卻病。叶

西江月　五十字前後段各四句共六韻又名步虛詞　蘇軾

照野瀰瀰淺浪，橫空曖曖微霄；韻障泥未解玉驄驕，叶我醉欲眠芳草。仄叶可惜一溪

明月，莫教踏碎瓊瑤；叶解鞍欹枕綠楊橋，叶杜宇數聲春曉。叶仄此調平仄兩叶兩段末句均須換仄韻叶

惜分飛　五十字前段四句四韻後段同　　陳允平

釧閣桃腮香玉溜，韻因倚銀牀倦繡；叶雙燕歸來後，叶相思葉底尋紅豆。叶碧唾春衫還在否？叶重理弓彎舞袖；叶錦藉芙蓉縐，叶翠腰羞對垂楊瘦。叶

醉花陰　五十二字前段四句三韻後段同　　李清照

薄霧濃雰愁永晝，韻瑞腦噴金獸；叶佳節又重陽，寶枕紗廚，半夜涼初透。叶東籬把酒黃昏後，叶有暗香盈袖；叶莫道不消魂，簾捲西風，人比黃花瘦。叶

浪淘沙　五十四字前段五句四韻後段同又名賣花聲此調有數體後多川此體　　康與之

蹙損遠山眉，韻幽怨誰知？叶羅衾滴盡淚胭脂。叶夜過春寒人未起，門外鴉啼。叶惆悵阻佳期，叶人在天涯，叶東風頻動小桃枝。叶正是銷魂時候也，撩亂花飛。叶

鷓鴣天　五十五字兩段六韻又名思佳客　　秦觀

枕上流鶯和淚聞，韻新啼痕間舊啼痕；叶一春魚鳥無消息，千里關山勞夢魂。叶無一語，對芳樽，叶安排腸斷到黃昏；叶甫能炙得燈兒了，雨打梨花深閉門。叶

臨江仙　五十六字前後段各五句共六韻此調別體極多但錄一體於此　趙長卿

夜久笙簫吹徹，更深星斗還稀，韻醉拈裙帶寫新詩。叶鎮窗風露，燭平作熖月明時。叶水調悠揚聲美，幽情彼此心知，叶古香煙斷綵雲歸。叶滿傾蕉葉，齊唱轉花枝。叶

鵲橋仙　五十六字前後段各五句二韻調名或加令字　秦觀

纖雲弄巧，飛星傳恨，銀漢迢迢暗度。韻金風玉露一相逢，便勝卻人間無數。叶柔情似水，佳期如夢，忍顧鵲橋歸路。叶兩情若是久長時，又豈在朝朝暮暮。叶

虞美人　五十六字前後各五句各二仄二平韻有二體　蔣捷

絲絲楊柳絲絲雨，韻春在冥濛處；叶樓兒忒小不藏愁，平換幾度和雲飛去覓歸舟。平叶天憐客子鄉關遠，三換仄借與花消遣，仄叶海棠紅近綠闌干，四換平纔捲珠簾，卻又晚風寒。平叶

一斛珠　五十七字前後段各五句共八韻又名醉落魄　南唐後主

曉粧初過，韻沈檀輕注些兒個，叶向人微露丁香顆。叶一曲清歌，暫引櫻桃破。叶羅袖裛殘殷色可，叶盃深旋被香醪涴，叶繡牀斜凭嬌無那。叶爛嚼紅茸，笑向檀郎唾。叶

踏莎行　五十八字前段五句三韻後段同又名柳長春　吳文英

潤玉籠綃，檀櫻倚扇，韻繡圈猶帶脂香淺。叶榴心空疊舞裙紅，艾枝應壓愁鬟亂。叶午夢千山，牕陰一箭，叶香瘢新褪紅絲腕。叶隔江人在雨聲中，晚風菰葉生秋苑。叶

第二節　中調

小重山　五十八字前後段各六句共八韻　　蔣捷

晴浦溶溶明斷霞，韻樓臺搖影處，是誰家？叶銀紅裙襇皺宮紗，叶風前坐，閒鬬鬱金芽。叶人散樹啼鴉，叶粉糰黏不住，舊繁華。叶雙龍尾上月痕斜，叶而今照冷淡白菱花。叶

塡詞圖譜以不及六十字者爲小令，六十字至九十字爲中調，九十字以上爲長調，今從之。中調惟略取其最通用者，視小令益少；雖不免陋略，然學者可即是以求其餘也。

中調格式

一剪梅　六十字前段六句三韻後段同　　李淸照

紅藕香殘玉簟秋，韻輕解羅裳，獨上蘭舟。叶雲中誰寄錦書來？雁字迴時，月滿西樓。叶花自飄零水自流，叶一種相思，兩處閒愁。叶此情無計可消除，纔下眉頭，卻上心頭。叶

蔣捷

一首每句叠協韻

蝶戀花 六十字前段五句四韻後段同又名鵲踏枝鳳栖梧一籮金　張泌

六曲闌干偎碧樹，韻 楊柳風輕展盡黃金縷。叶 誰把鈿箏移玉柱，叶 穿簾燕子雙飛去。叶
滿眼游絲兼落絮，叶 紅杏開時，一霎清明雨。叶 濃睡覺來鶯亂語，叶 驚殘好夢無尋處。叶

唐多令 六十字前段五句四韻後段同又名南樓令　陳允平

何處是秋風？韻 月明霜露中；叶 算淒涼未到梧桐。叶 曾向垂虹橋上看，有幾樹水邊楓。叶
客路怕相逢，叶 酒濃愁更濃；叶 數歸期猶是初冬。叶 欲寄相思無好句，聊折贈雁來紅。叶

破陣子 六十二字前段五句三韻後段同又名十拍子　晏殊

燕子來時新社，梨花落後清明；韻 池上碧苔三四點，葉底黃鸝一兩聲；叶 日長飛絮輕。叶
巧笑東鄰女伴，采桑徑裏逢迎；叶 疑怪昨宵春夢好，元是今朝鬬草贏，叶 笑從雙臉生。叶

蘇幕遮 六十二字前段七句四韻後段同惟三句四句并作九字又名鬢雲鬆令　范仲淹

碧雲天，黃葉地，韻 秋色連波，波上含煙翠；叶 山映斜陽天接水，叶 芳草無情，更在斜陽外。叶
黯香魂，追旅思，叶 夜夜除非依調當絕句好夢留人睡。叶 明月樓高休獨倚，叶 酒入愁腸，

化作相思淚。叶

漁家傲 六十二字前後段各五句五韻　周邦彥

灰煖香融銷永晝，韻 蒲萄架上春藤秀，叶 曲角闌干羣雀鬭。叶 淸明後，叶 風梳萬縷亭前柳。叶 日照釵梁光欲溜，叶 循堦竹粉霑衣袖，叶 拂拂面紅新著酒；叶 沈吟久，叶 昨宵正是來時候。叶

定風波 六十二字前段五句後段六句共十一韻　歐陽炯

暖日閒牕映碧紗，韻 小池春水浸晴霞；叶 數樹海棠紅欲盡，仄換 爭忍，仄叶 玉閨深掩過年華。平叶 獨凭繡牀方寸亂，仄三換 腸斷，仄叶 淚珠穿破臉邊花。平叶 鄰舍女郎相借問，仄四換 音信，仄叶 敎人羞道未還家。平叶

殢人嬌 六十四字前後段各六句共八韻　毛滂

雲做屏風，花爲行幛，韻 屏幛裏見春模樣。叶 小晴未了，輕陰一餉，叶 酒到處恰如把春拈上。叶 官柳黃輕，河堤綠漲，叶 花多處少停蘭槳。叶 雪邊花際平蕪疊幛，叶 這一段淒涼爲誰悵望？叶

青玉案　六十六字前後段各六句五韻　此調作者頗參差茲錄一體　史達祖

蕙花老盡離騷句，韻 綠染遍江頭樹，叶 日午酒消聽驟雨。叶 青榆錢小，碧苔錢古，叶 難買東君住。叶 官荷不礙遺鞭路，叶 被芳草將愁去，叶 多定紅樓簾影暮。叶 蘭燈初上夜香初駐，叶 猶自聽鸚鵡。叶

解珮令　六十六字前後段各六句共十韻　此調亦略有參差錄一體　史達祖

人行花塢，韻 衣沾香霧，叶 有新詞逢春分付。叶 屢欲傳情，奈燕子不曾飛去，叶 倚珠簾詠郎秀句。叶 相思一度，叶 濃愁一度，叶 最難忘遮燈私語。叶 澹月梨花，借夢來花邊廊廡，叶 指春衫淚曾濺處。叶

天仙子　六十八字前後段各六句共十韻　張先

水調數聲持酒聽，韻 午睡醒來愁未醒。叶 送春春去幾時回？臨晚鏡，叶 傷流景，叶 往事後期空記省。叶 沙上並禽池上暝，叶 雲破月來花弄影；重重翠幙密遮燈，風不定，叶 人初靜，叶 明日落紅應滿徑。叶

江城子　七十字前後段各八句五韻　謝逸

杏花村館酒旗風，韻 水溶溶，叶 颺殘紅。叶 野渡舟橫楊柳綠陰濃。叶 望斷江南山色遠，人不見草連空。叶 夕陽樓外曉煙籠，叶 粉香融，叶 淡眉峯，叶 記得年時相見畫屏中。叶 只有關山今夜月千里外素光同。叶 此係加疊下闋平仄通用處與上闋同

千秋歲 七十一字前後段各八句共十韻 謝逸

楝花飄砌，韻 蔌蔌清香細。叶 梅雨過，蘋風起，叶 情隨湘水遠，夢遶吳峯翠。叶 琴書倦，鷓鴣喚起南窗睡。叶 密意無人寄，叶 幽恨憑誰洗？叶 修竹畔，疏簾裏，叶 歌餘塵拂扇，舞罷風掀袂。叶 人散後，一鉤淡月天如水。叶

離亭燕 七十二字前段六句四韻後段同 張昇

一帶江山如畫，韻 風物向秋瀟灑。叶 水浸碧天何處斷，霽色冷光相射。叶 蓼嶼荻花洲，掩映竹籬茅舍。叶 雲際客帆高挂，叶 煙外酒帘低亞，叶 多少六朝興廢事，盡入漁樵閒話。叶 悵望倚層樓，寒日無言西下。叶

風入松 七十三字前後段各六句四韻 此調字數略有異同錄一體 康與之

一宵風雨送春歸，韻 綠暗紅稀。叶 畫樓整日無人到，與誰同撚花枝？叶 門外薔薇開也，

枝頭梅子酸時。叶 玉人應是數歸期。叶 翠斂愁眉。叶 塞鴻不到雙魚遠，歎樓前流水難西；叶 新恨欲題紅葉，東風滿院花飛。叶

祝英臺近 七七字前後段各八句共八韻　辛棄疾

寶釵分，桃葉渡，煙柳暗南浦，韻 怕上層樓，十日九風雨。叶 斷腸點點飛紅，都無人管，倩誰喚流鶯聲住。叶 鬢邊覷，叶 試把花卜歸期，纔簪又重數，叶 羅帳燈昏，哽咽夢中語。叶 是他春帶愁來；春歸何處？卻不解帶將愁去。叶

御街行 七十八字前後段各七句共八韻此調共有四體　范仲淹

紛紛墜葉飄香砌，韻 夜寂靜寒聲碎。叶 眞珠簾捲玉樓空，天澹銀河垂地。叶 年年今夜，月華如練，長是人千里。叶 愁腸已斷無由醉，叶 酒未到先成淚。叶 殘燈明滅枕頭欹，諳盡孤眠滋味。叶 都來此事，眉間心上，無計相迴避。叶

金人捧玉盤 七十九字前段七句後段九句共八韻又名上西平　程垓

愛春歸，憂春去，爲春忙，韻 旋點檢雨障雲妨。叶 遶紅護綠，翠幃羅幙任高張。叶 海棠明月，杏花天更惜濃芳。叶 喚鶯吟，招蝶拍，迎柳舞，倩桃粧，叶 盡呼起萬籟笙簧。叶 一觴一詠，

儘教陶寫繡心腸。叶 笑他人世，謾嬉游擁翠偎香。叶

新荷葉 八十二字前後段各八句共九韻　趙彥瑞

欲暑還涼，如春有意重歸。韻 春若歸來，任他鶯老花飛。叶 輕雷澹雨，似晚風欺得單衣。叶 簷聲驚醉起來新綠成圍。叶 回首分攜，叶 光風冉冉菲菲。叶 曾幾何時，故山疑夢還非。叶 鳴琴再撫，將清恨都入金徽。叶 永懷橋下，繫船溪柳依依。叶

驀山溪 八十二字前後段各九句三韻亦有每段第七八句並叶韻者　張元幹

一番小雨，陡覺添秋色。韻 桐葉下銀牀，又送箇淒涼消息。叶 故鄉何處？搔首對西風。衣線斷，帶圍寬，衰鬢添新白。叶 錢塘江上，冠蓋如雲積。叶 騎馬傍朱門，誰肯念塵埃墨客。叶 佳人信杳，日暮碧雲深，樓獨倚，鏡頻看，此意無人識。叶

洞仙歌 八十三字前段六句後段七句共六韻　蘇軾

冰肌玉骨，自清涼無汗，韻 水殿風來暗香滿。叶 繡簾開一點明月窺人，人未寢，欹枕釵橫鬢亂。叶 起來攜素手，庭戶無聲，時見疏星渡河漢。叶 試問夜如何？夜已三更，金波淡玉繩低轉；叶 但屈指西風幾時來，又不道流年暗中偷換。叶

江城梅花引 八十七字前段八句後段十句共十一韻 康與之

娟娟霜月冷侵門，韻 怕黃昏，叶 又黃昏，叶 手撚一枝獨作平自對芳樽。叶 酒又不禁花又惱，漏聲遠，一更更總斷魂。叶 斷魂斷魂二字疊不堪聞，叶 被半溫，叶 香半薰，叶 睡也睡也睡不穩誰與溫存？叶 惟有牀前銀燭照啼痕。叶 一夜爲花憔悴損人瘦也，比梅花，瘦幾分？叶

第三節 長調

自九十字以下，皆長調也。宋以來自度曲頗多，往往爲長調，不可勝錄，略舉十一而已。

長調格式

意難忘 九十二字前段十句後段十句共十二韻 周邦彥

衣染鶯黃，韻 愛停歌駐拍，勸酒持觴。叶 低鬟蟬影動，私語口脂香。叶 蓮露滴，竹風涼，叶 拚劇飲淋浪。叶 夜漸深，籠燈就月，子細端相。叶 知音見說無雙，叶 解移宮換羽，未怕周郎。叶 長顰知有恨，貪耍不成妝。叶 些個事，惱人腸，叶 待說與何妨；叶 又恐伊尋消問息，瘦減容光。叶

滿江紅 九十三字前段八句四韻後段十句五韻 程垓

門掩垂楊，寶香度，翠簾重疊。韻 春寒在，羅衣初試，素肌猶怯。叶 薄霧籠花天欲暮，小風送角聲初咽。叶 但獨褰幽幌悄無言，傷初別。叶 衣上雨，眉間月，叶 滴不盡，顰空切。叶 羨棲梁歸燕，入簾雙蝶。叶 愁緒多於花絮亂，柔腸過似丁香結。叶 問甚時重理錦囊書，從頭說。叶

滿庭芳 九十五字前後段各九句共九韻一名鎖陽臺滿庭霜 程垓

南月驚烏，西風破雁，又是秋滿平湖。韻 採蓮人盡，寒色戰菰蒲。叶 舊信江南好景，一萬里輕覓蓴鱸。叶 誰知道，吳儂未識，作平蜀客已情孤。叶 憑高增悵望，湘雲盡處，都是平蕪。叶 問故鄉何日，重見吾廬？叶 縱有荷紉芰製，終不似菊短籬疎。叶 歸情遠，三更雨夢，依舊繞庭梧。叶

水調歌頭 九十五字前段九句後段十句共八韻夢窗名江南好白石名花犯念奴 蘇軾

明月幾時有，把酒問青天；韻 不知天上宮闕，今夕是何年？叶 我欲乘風歸去，又恐瓊樓玉作平宇，高處不勝寒。叶 起舞弄清影，何似在人間。叶 轉朱閣，低綺戶，照無眠。叶 不應有恨，何事常向別時圓！叶 人有悲歡離合，月有陰晴圓缺，此事古難全；叶 但願人長久，千里共嬋

娟。叶

鳳凰臺上憶吹簫　九十五字前段十句後段九句共九韻　李清照

香冷金猊，被翻紅浪，起來慵自梳頭。韻 任寶奩塵滿，日上簾鉤。生怕離懷別苦，多少事欲說還休；叶 新來瘦，非干病酒，不是悲秋。叶 休休，叶此二字可不叶 這回去也，千萬遍陽關，也則難留。叶 念武陵人遠，煙鎖秦樓；叶 惟有樓前流水，應念我終日凝眸。叶 凝眸處，從今又添，一段新愁。叶

燭影搖紅　九十六字前段九句後段同共十韻　趙長卿

梅雪飄香，杏花開豔燃春晝，韻 銅駝煙淡曉風輕，搖曳青青柳。叶 海燕歸來未久，叶 向雕梁初成對偶，叶 日長人困，綠水池塘，清明時候。叶 簾幙低垂，麝煤煙噴黃金獸；天涯人去杳無憑，不念東陽瘦。叶 眉上新愁壓舊，叶 要消遣除非殢酒。叶 酒醒人靜，月滿南樓，相思還又。叶

聲聲慢　九十七字前段十句後段九句共八韻　吳文英

雲深山塢，煙冷江皋，人生未易相逢。韻 一笑燈前，釵行兩兩春容；清芳夜爭眞態，引生

香撩亂東風。叶 探花手，與安排金屋，懊惱司空。叶 憔悴欹翹委佩，恨玉奴消瘦，飛趁輕鴻。叶 試問知心，樽前誰最情濃？叶 連呼紫雲伴醉，小丁香纔吐微紅，叶 還解語，待攜歸行雨夢中。叶

醉蓬萊 九十七字前後段各十一句共八韻

呂渭老

任落梅鋪綴，雁齒斜橋，裙腰芳草，韻 閒伴游絲，過曉園庭沼。叶 廝近清明，雨晴風輭，稱少年尋討。叶 碧縷牆頭，紅雲水面，柳隄花島。叶 誰信而今，怕愁憎酒，對著花枝，自疎歌笑。叶 鶯語丁寧，問甚時重到？叶 夢筆題詩，帊綾封淚，向鳳簫人道。叶 處處傷懷，年年遠念，惜春人老。叶

暗香 九十七字前後段各九句共十二韻一名紅情

姜夔

舊時月色，韻 算幾番照我，梅邊吹笛。叶 喚起玉人，不管淸寒與攀摘。叶 何遜而今漸老，都忘卻春風詞筆。叶 但怪得竹外疎花，香冷入瑤席。叶 江國，叶 正寂寂，叶 歎寄與路遙，夜雪初積。叶 翠樽易泣，叶 紅萼無言耿相憶。叶 長記曾攜手處，千樹壓西湖寒碧；叶 又片片吹盡也，幾時見得？叶

八聲甘州　九十七字前後段各九句共八韻　柳永

對瀟瀟暮雨灑江天，一番洗淸秋；韻 漸霜風淒緊，關河冷落，殘照當樓。叶 是處紅衰綠減，苒苒物華休。叶 惟有長江水，無語東流。叶 不忍登高臨遠，望故鄉渺邈，歸思難收。叶 歎年來蹤跡，何事苦淹留；叶 想佳人妝樓長望，誤幾回天際識歸舟。叶 爭知我倚闌干處，正恁凝愁。叶

雙雙燕　九十八字前後段各九句共十二韻　史達祖

過春社了，度簾幙中間，去年塵冷。韻 差池欲住，試入舊巢相並，叶 還相雕梁藻井，叶 又輭語商量不定。叶 飄然快拂花梢，翠尾分開紅影。叶 芳徑，叶 芹泥雨潤，叶 愛貼地爭飛，競誇輕俊。叶 紅樓歸晚，看足柳昏花暝；叶 應是棲香正穩，便忘了天涯芳信；叶 愁損翠黛雙蛾，日日畫闌獨凭。叶

晝夜樂　九十八字前後段各八句共十一韻　柳永

洞房記得初相遇，韻 便只合長相聚；叶 何期小會幽歡，變作別離情緒。叶 況值闌珊春色暮，叶 對滿目亂花狂絮；叶 直恐好風光，盡隨伊歸去。叶 一場寂寞憑誰訴，叶 算前言總

輕負。叶 早知恁地難拚，悔不當初留住；叶 其奈風流端正外，更別有繫人心處。叶 一日不思量，也攢眉千度。叶

鎖窗寒 九十九字前段十句後段九句共十韻　周邦彥

暗柳啼鴉，單衣佇立，小簾朱戶，韻 桐花半畝，靜鎖一庭愁雨。叶 灑空階更闌未休，故人翦燭西窗語。叶 似楚江暝宿，風燈零亂，少年羈旅。叶 遲暮，叶 嬉游處，叶 正店舍無煙，禁城百五。叶 旗亭喚酒，付與高陽儔侶。叶 想東園桃李自春，小脣秀靨今在否？叶 到歸時定有殘英，待客攜樽俎。叶 詞律以嘯餘譜混註平仄惟此一體可從故今仍之不註平仄

念奴嬌 前段九句後段十句共八韻一名大江東去壺中天百字令等　辛棄疾

野棠花落，又悤悤過了清明時節。韻 剗地東風欺客夢，一枕銀屏寒怯。叶 曲岸持觴，垂楊繫馬，此地曾經別。叶 樓空人去，舊游飛燕能說。叶 聞道綺陌東頭，行人長見，簾底纖纖月。叶 舊恨春江流不盡，新恨雲山千疊。叶 料得明朝，樽前重見，鏡裏花難折。叶 也應驚問，近來多少華髮。叶

瑞鶴仙 一百二字前段十句後段十一句共十三韻　史達祖

杏煙嬌溼鬢，韻過杜若汀洲，楚衣香潤。叶回頭翠樓近，叶指鴛鴦沙上，平可暗藏春恨。叶歸鞭隱隱，叶便不念芳痕未穩。叶自簫聲吹落雲東，再數故園花信。叶誰問，叶聽歌窗罅，倚月鉤闌舊家輕俊。叶芳心一寸，叶相思後總灰盡。叶奈春風多事，吹花搖柳，也把幽情喚醒。叶對南溪桃萼翻紅，又成瘦損。叶

水龍吟

一百二字前後段各十一句共九韻　又名龍吟曲小樓連苑海天闊處

辛棄疾

楚天千里清秋，水隨天去秋無際。韻遙岑遠目，獻愁供恨，玉簪螺髻。叶落日樓頭，斷鴻聲裏，江南游子。叶把吳鉤看了，闌干拍遍，無人會登臨意。叶休說鱸魚堪膾，叶儘西風季鷹歸未？叶求田問舍，怕應羞見，劉郎才氣。叶可惜流年，憂愁風雨，樹猶如此，叶倩何人喚取，紅巾翠袖，搵英雄淚？叶

齊天樂

一百二字前段十句後段十一句共九韻　又名五福降中天臺城路如此江山

王沂孫

一襟餘恨宮魂斷，年年翠陰庭樹。韻乍咽涼柯，還移暗葉，重把離愁深訴。叶西窗過雨，叶怪瑤佩流空，玉箏調柱。叶鏡暗妝殘，爲誰嬌鬢尚如許？叶銅仙鉛淚似洗，歎移盤去遠，難貯零露。叶病翼驚秋，枯形閱世，消得斜陽幾度。叶餘音更苦，甚獨抱清商，頓成淒楚。叶謾

想薰風，柳絲千萬縷。叶

南浦　一百二字前段九句後段八句共八韻　　魯逸仲

風悲畫角，聽單于三弄落譙門。韻 投宿駸駸征騎，飛雪滿孤村。叶 酒市漸闌燈火，正敲窗亂葉舞紛紛。叶 送數聲驚雁，乍離煙水，嘹唳度寒雲。叶 好在半朧淡月，到如今無處不銷魂。叶 故國梅花歸夢，愁損綠羅裙，叶 爲問暗香閒豔，也相思萬點付啼痕。叶 算翠屏應是，兩眉餘恨倚黃昏。叶

眉嫵　一百三字前段十句後段九句共十一韻又名百宜嬌　　王沂孫

漸新痕懸柳，澹影穿花，依約破初暝。韻 便有團圓意，深深拜，相逢誰在香逕。叶 畫眉未穩，叶 料素娥猶帶離恨。叶 最堪愛一曲銀鉤小，寶簾挂秋冷。叶 千古盈虧休問，叶 嘆謾磨玉斧，難補金鏡。叶 太液池猶在，淒涼處何人重賦清景。叶 故山夜永，叶 試待他窺戶端正。叶 看雲外山河，還老桂花舊影。叶

綺羅香　一百四字前後段各九句共八韻　　張翥

燕子樑深，秋千院冷，半溼垂楊煙縷。韻 怯試春衫，長恨踏青期阻。叶 梅子後餘潤留寒，

藕花外娛涼銷暑。叶漸驚他秋老梧桐，蕭蕭金井斷蛩暮。叶熏籠須待被暖，催雪新詞未穩，重尋笙譜。叶水閣雲窗總是慣曾經處。叶曾信有客裏關河，又怎禁夜深風雨，叶一聲聲滴在疎篷，做成情味苦。叶

永遇樂　一百四字前後段各十一句共八韻又名消息　　蔣捷

清逼池亭潤侵山閣，雲氣凝聚。韻未有蟬前，已無蝶後，花事隨流水。叶西園支徑，今朝重到，半礙醉筇吟袂。叶除非是鶯身瘦小，暗中引雛穿去。叶梅簷滴溜，風來吹斷，放得斜陽一縷。叶玉子敲枰，香綃落剪，聲度深幾許。叶層層離恨淒迷如此，點破漫煩輕絮。叶應難認爭春舊館，倚紅杏處。叶

二郎神　一百五字前段十句後段十一句共九韻柳永一首少一字後多從此體　　湯恢

瑣窗睡起，閒竚立海棠花影。韻記翠檝銀塘，紅牙金縷，杯泛梨花凍冷。叶燕子銜來相思字，道玉瘦不禁春病。叶應蝶粉半銷，鴉雲斜墜，暗塵侵鏡。叶還省，叶香痕碧唾，春衫都凝。叶悄一似酴醾玉肌翠被，消得東風喚醒。叶青杏單衣，楊花小扇，閒卻晚春風景。叶最苦是，蝴蝶盈盈弄晚，一簾風靜。叶

望海潮 一百七字前後段各十一句共十一韻　秦觀

梅英疎淡，冰澌溶洩，東風暗換年華。韻 金谷俊游，銅駝巷陌，新晴細履平沙。叶 長記誤隨車，叶 正絮翻蝶舞，芳思交加。叶 柳下桃蹊，亂分春色到人家。叶 西園夜飲鳴笳，叶 有華燈礙月，飛蓋妨花。叶 蘭苑未空，行人漸老，重來事事堪嗟。叶 煙暝酒旗斜，叶 但倚樓極目，時見棲鴉。叶 無奈歸心，暗隨流水到天涯。叶

一萼紅 一百八字前段十一句後段十句共九韻　周密

步深幽，韻 正雲黃天淡，雪作平意未全休。叶 鑑曲寒沙，茂林煙草，俛仰今古悠悠。叶 歲華晚，飄零漸遠，誰念我同載五湖舟。叶 磴古松斜，厓陰苔老，一片清愁。叶 回首天涯歸夢，幾魂飛西浦，淚灑東州。叶 故國山川，故園心眼，還似王粲登樓。叶 最負他秦鬟妝鏡，好江山何事此時游！叶 為喚狂吟老監，共賦銷憂。叶

疏影 一百十字前後段各十句共九韻又名綠意　姜夔

苔枝綴玉，韻 有翠禽小小，枝上同宿。叶 客裏相逢，籬角黃昏，無言自倚修竹。叶 昭君不慣胡沙遠，但暗憶江南江北。叶 想佩環月夜歸來，化作此花幽獨。叶 猶記深宮舊事，那人

正睡裏，飛近蛾綠。叶 莫似春風，不作平管盈盈，早與安排金屋。叶 還教一片隨波去，又卻怨玉龍哀曲。叶 等恁時重覓幽香，已入小窗橫幅。叶

沁園春　一百十四字前段十三句後段十二句　陸游

孤鶴歸飛，再過遼天換盡舊人。韻 念纍纍枯冢，茫茫夢境，王侯螻蟻，畢竟成塵。叶 載酒園林，尋花巷陌，當日何曾輕負春。叶 流年改，嘆圍腰帶賸，點鬢霜新。叶 交親散落如雲，叶 又豈料如今餘此身。叶 幸眼明身健，茶甘飯軟，非惟我老，更有人貧。叶 躲盡危機，消殘壯志，短艇湖中閒采蓴。叶 吾何恨，有漁翁共醉，溪友爲鄰。叶

摸魚兒　一百十六字前後段各十字共十三韻兒或作子又名買陂塘安慶模　辛棄疾

更能消幾番風雨，匆匆春又歸去。韻 惜春長怕花開早，何況落紅無數！叶 春且住，叶 見說道天涯芳草無歸路。叶 怨春不語，叶 算只有殷勤，畫檐蛛網，盡日惹飛絮。叶 長門事，準擬佳期又誤，叶 蛾眉曾有人妬。叶 千金縱買相如賦，脈脈此情誰訴？叶 君莫舞，叶 君不見玉環飛燕皆塵土？叶 閒愁最苦。叶 休去倚危欄，斜陽正在，煙柳斷腸處。叶

賀新郎　一百十六字前段十句後段同共十二韻郎一作涼又名金縷曲乳燕飛貂裘換酒　毛幵

風雨連朝夕，韻最驚心春光晼晚，又過寒食。叶落盡一番新桃李，芳草南園似積，叶但燕子歸來幽寂。叶況是單棲饒惆悵，儘無聊有夢寒猶力。叶春意遠，恨虛擲。叶東君自是人間客，叶暫時來悤悤卻去，爲誰留得？叶走馬插花當年事，池苑空餘舊跡。叶奈老去流光堪惜，叶杳隔天涯人千里，念無憑寄語長相憶。叶回首處，暮雲碧。叶

蘭陵王 一百三十字第一段九句第二段八句第三段十一句共十八韻　　史達祖

漢江側，韻月弄仙人佩色，叶含情久搖曳楚衣，天水空濛染嬌碧。叶文漪簟影織，叶涼骨，叶時將粉飾。叶誰曾見羅襪去時，點點波間冷雲積？叶相思舊飛鵠，叶謾想像風裳，追恨瑤席，叶涉江幾度和愁摘。叶記雪映雙腕，刺縈絲縷，分開綠蓋素袂溼，叶放新句吹入。叶寂作平寂，叶意猶昔，叶念淨社因緣，天許相覓。叶飄蕭羽扇搖團白，叶屢側臥尋夢，倚欄無力。叶風標公子，欲下處，似去聲認去聲得。叶萬氏詞律謂平仄如此不可移易

多麗 一百三十九字前段十三句後段十一句共十二韻又名綠頭鴨　　張翥

晚山青，韻一川雲樹冥冥，叶正參差煙凝紫翠，斜陽畫出南屏。叶館娃歸，吳臺游鹿；銅仙去，漢苑飛螢；叶懷古情多，憑高望極，且將樽酒慰飄零。叶自湖上愛梅仙遠，鶴夢幾時醒？

叶 空留得六橋疎柳，孤嶼危亭。叶 待蘇隄歌聲散盡，更須攜妓西泠。叶 藕花深，雨涼翡翠；菰蒲輭，風弄蜻蜓。叶 澄碧生秋，鬧紅駐景，採菱新唱最堪聽。叶 見一片水天無際，漁火兩三星。叶 多情月爲人留照，未過前汀。叶

戚氏 柳永

二百十二字前段十四句中段十二句末段十五句共廿四韻

晚秋天，韻 一作平霎作平微雨灑庭軒。叶 檻菊蕭疏，井梧零亂，惹殘煙。叶 淒然 叶 望江關，叶 飛雲黯淡夕陽間。叶 當時宋玉悲感，向此作平臨水與登山。叶 遠道迢遞，行人淒楚，倦聽平聲隴水潺湲。叶 正蟬鳴敗葉，蛩響衰草，相應聲喧。叶 孤館度日如年，叶 風露漸變，悄悄至更闌。叶 長天靜，絳河清淺，皓月嬋娟。叶 思綿綿，叶 夜永對景那堪！叶 屈指暗想從前，叶 未名未祿，綺陌紅樓，往往經歲遷延。叶 帝里風光好，當年少日，暮宴朝歡。叶 況有狂朋怪侶，遇當歌對酒競留連。叶 別來迅景如梭，舊游似夢，煙水程何限。仄叶 念利名憔悴長縈絆，仄叶 追往事空慘愁顏。叶 漏箭移稍覺輕寒，叶 聽嗚咽作平畫角數聲殘。叶 對閒窗畔，停燈向曉，抱影無眠。叶

鶯啼序 吳文英

二百四十字第一段八句四韻第二段九句四韻第三段十四句六韻第四段十四句四韻共十八韻

殘寒正欺病酒，掩沈香繡戶。韻 燕來晚飛入西城，似說作平春事遲暮。叶 畫船載清明過

卻，晴煙冉冉吳宮樹。叶 念羇情游蕩隨風，化爲輕絮。叶 十載西湖，傍柳繫馬，趁嬌塵輭霧。叶 遡紅漸招入仙溪，錦兒偸寄幽素。叶 倚銀屛春寬夢窄，斷紅溼歌紈金縷。叶 暝隄空，輕把斜陽，總還鷗鷺。叶 幽蘭旋去聲老，杜若還生，水鄉尙寄旅。叶 別後訪六橋無信，事往花萎，瘞玉埋香，幾番風雨。叶 長波妒盼，遙山羞黛，漁燈分影春江宿。叶 記當時短檝桃根渡，叶 青樓髣髴。臨分敗壁題詩，淚墨作平慘淡塵土。叶 危亭望極，草色天涯，嘆鬢侵半苧。叶 暗點檢離痕歡唾，尙染鮫綃，嚲鳳迷歸，破鸞慵舞。叶 殷勤待寫，書中長恨，藍霞遼海沈過雁，謾相思彈入哀箏柱。叶 傷心千里江南，怨曲重招，斷魂在否？叶

（完）

中華語文叢書

詞學指南

1912

作　　者／謝无量 編
主　　編／劉郁君
美術編輯／鍾　玟

出 版 者／中華書局
發 行 人／張敏君
副總經理／陳又齊
行銷經理／王新君
地　　址／11494 臺北市內湖區舊宗路二段181巷8號5樓
客服專線／02-8797-8396　　傳　　真／02-8797-8909
網　　址／www.chunghwabook.com.tw
匯款帳號／華南商業銀行　西湖分行
179-10-002693-1　中華書局股份有限公司

法律顧問／安侯法律事務所
製版印刷／維中科技有限公司　海瑞印刷品有限公司
出版日期／2018年5月台五版
版本備註／據1981年10月台四版復刻重製
定　　價／NTD 200

國家圖書館出版品預行編目（CIP）資料

詞學指南 / 謝无量編. — 台五版. — 臺北市 :
中華書局, 2018.05
面 ;　公分. — (中華史地叢書)
ISBN 978-957-8595-36-1(平裝)

1.詞法

823.1　　107004937

NO.H2063
ISBN 978-957-8595-36-1（平裝）